不可解なDNA

榊　花月

幻冬舎ルチル文庫

CONTENTS ✦目次✦

不可解なDNA

✦カバーデザイン＝小菅ひとみ（CoCo.Design）
✦ブックデザイン＝まるか工房

イラスト・夏珂✦

不可解なDNA

1

天使のような美貌《びぼう》と、悪魔のごとき頭脳のどちらかを授ける、と言われたら、迷いなく後者を選ぶ。人生にとって、外見なんてたいした問題じゃないからだ。

ところが、必ずしも誰もが同意見というわけではないらしい。容貌《ようぼう》の魅力など、いずれ衰えるというのに、それがまるで天与の宝物でもあるかのように、より良いルックスの者を見つけて、飛びつき、ちやほやする。解《げ》せない。それよりは、少しでも知識を吸収することが大事なのではないか。努力は裏切らない。オリンピックでメダルを獲った、ある女子チームの監督もそう断言していたというのに。

「だから、歩きながら本読むのやめなって」

隣から声がして、砂家洸司《すながこうじ》の顔の前にあった本が、するりと抜けていった。

砂家は目をぱちくりさせた。眼前ぎりぎりのところに、眼鏡《めがね》屋の立て看板がある。

「衝突事故、確実だったぞ？」

川端将弘《かわばたまさひろ》は難しげにうなずき、砂家から取り上げた本に目をやった。

「『よくわかる遺伝子』……好きだねえ、キミも」

「看板に激突するところを防いでくれたことには、感謝するにやぶさかではないよ」

砂家は、本を取り返した。肩に、ほとんど担いでいる大きな帆布のバッグに、ひとまずしまう。後で、川端のいないところで読もう。

「って、普通に『ありがとう』でいいのに。かわいくないなあ、ほんと」

友人は、肩をすくめた。

「これでその顔じゃなかったら、洟《はな》もひっかけたくないんだぜ」

「また顔の話？」

砂家は、ほぼ同じ高さのところにある顔に向かって、渋面を作ってみせた。

「はいはい。すみませんでした。顔なんてたいした問題じゃなくて、コージは全身のバランスがいいんだったな」

「――そんなこと、言ったこともないし」

その表情を見れば、本気で言っていないのは歴然としているが、しかし。褒め殺しみたいなのは好きではない。スタイルも含め、砂家が自分も他人の外見にも、いっさい興味がないのは本当のことだ。

だが、違う外見だったとしたら、そもそも一昨年、入学早々に川端から声をかけられることはなかったのだろうとわかっている。

そして、川端はそう現金な男でもないこともだ。違う外見でも、クラスメイトには親切にしたろう——自分から積極的に近づくことはなかっただろうが。

「まったくもって、もったいない」

川端はしげしげと砂家を眺め、いまさらのようにため息をついた。

「自分でそう思わないの？」

「価値観の違いは、いかんともしがたいみたいだね」

言い合いながら、大学のあるほうへ向かう。語学クラスでいっしょで、正式に入部してはいないものの、たまに呑《の》み会などに参加するサークルのメンバーでもある川端に誘われ、外でランチをとった帰りだった。後期試験が近づいていて、ノートをコピーさせてもらったお礼だと言われたら、おごられることを断わる理由はなかった。

都心の繁華街。そこを抜ければ、キャンパスが見えてくる。付近には、オフィスビルやシティホテル、低層のマンションなどが建ち並ぶ。住宅地としては高級な街だ。だが、ほんの二百メートル先には、ターミナル駅前にふさわしい喧騒《けんそう》が横たわっている。不思議なところだと、もうじき三年目に入るという今も、そう思う。

一階に大きな書店の入っている、レンガのビルの前が、ひときわ騒がしい。人だかりができている。

「お、イベントやってんのかな」

通りから引っ込んだ部分に、時計塔と噴水があって、ふだんは待ち合わせに使われているが、たまにライブや新製品のキャンペーンなどが開かれることもある。

そのスペースでは、しかし、そのどちらも行われてはいなかった。

「『クラルテ』は、きたる十五日に公演を行います。知ってる人もご存知ないアナタも、一度足を運んでください――」

どうやら、どこかの劇団が告知にきているようだった。

「クラルテ？　聞いたことがないな」

噴水の横に掲げられたのぼりと、染め抜かれた名を見上げ、川端がひとりごちる。

人だかりの中心には、四名ほどの劇団員がいた。身体《からだ》にぴったりフィットした、全身タイツのような黒装束の若い男女。いずれもスタイルがいいことは、露《あら》わになった身体のラインでわかる。いや、むしろそれを誇張しているのだろうか。

「――光？」

砂家がつぶやいた時、彼らの中でいちばん背の高い男がこちらを見た。

「お、そこのお兄さん。英慶《えいけい》の学生さん？　さては帰国子女？」

その指のさすほうに、自分がいる。だが、砂家は最初、誰に向けられた言葉なのか理解できなかった。見ず知らずの人間から、指をさされるいわれはない。

だが、その顔はまっすぐこちらを見ており、射すくめるような視線が自分に注がれているのに気づくまでそう時間はかからない。

よく光る目だった。

なんとなく、恥ずかしいような気がしたが、どうしてそう思うのかはわからなかった。

それよりも、質疑には応じなければなるまい。

「いや、べつに。日本の田舎で生まれ育ちましたが」

ぶっきらぼうに言い捨てると、男の顔におやというような表情があらわれた。整った顔をしていると、その時はじめて気がついた。それも、自分がよく言われるような、人形みたいな云々《うんぬん》ではなく、しっかりと大地に足をつけて立った、大人の男の力を併せ持つ秀麗さだと感じた。

さっきよりも強い羞恥《しゅうち》が頬《ほお》に上ってくる。

「あれ？　そうなの。ま、いいや。ちょうどいいから、きみ、お題を出してよ」

「お題？」

言われていることがわからないし、妙になれなれしいのも気になる。

「うん。今、次回公演のプロモーションと兼ねて、練習中なんだ」

「なにか出していただければ、どんなお題でも即興でそのテーマに応じたパフォーマンスをいたします」

さっき声を張り上げていた女が、横から口を挟んだ。スレンダーな身体に、女らしい曲線をまとった、やはりきれいな人だった。

「……ぱふぉーまんす」

あまり聞きなれない言葉だが、砂家の日常生活においては耳にしないというだけで、意味はわかる。

テーマ。

「あの、意味わかんないかな？」

そこへ、彼女がちょっと見下すようなニュアンスで重ねたから、砂家はキッと面を上げる。

「ポリメラーゼ連鎖反応法」

「え」

優越の高みからたちまち墜落し、女は気弱そうな顔になった。

「――だって、コーさん？」

傍らの男を見上げる。

「……ええと、ぽろみらーぜ？　新しいスイーツ？」

「ポリメラーゼ、です」

「おい、コーちゃん」

「コーさん、違うみたい」

やたらとコーという音節が飛び交い、小広場の周囲の喧騒が、いっとき静まったようですらあった。

岩に貼《は》りついたイソギンチャクのような沈黙。

「撤収、撤収！」

膠着《こうちゃく》状態をぶち破る勢いで、のぼりを掲げた男が走りこんできた。


「——ありゃマズいだろ、どう考えても」

机に頬杖《ほおづえ》をつき、川端が指摘する。

「そうかな」

鞄からフランス語の教科書を出しながら、砂家はそっけなく答えた。一拍おいたのは、自分でもあれはどうかと思ったためだが、川端にはそんなこと、明かさないでおく。

「……どんなお題でも、即興でパフォーマンスをお見せしますって言ってたし」

思い出したその一点に、己の正当性をすべて注ぎこむべく勢いこんだ。

川端は、「やれやれ」と肩をすくめる。

「その『どんなお題』っていう括《くく》りもさあ」

指を立てた。

「普通、常識的な範囲で、っていう暗黙の了解があるわけよ、前提として」

「暗黙の、了解」

繰り返して、川端を見た。

「って、どういうこと？」

「はー……」

いっそう肩を沈みこませ、

「まあ、あの場合では、あの人たちが求めてたのは、即興芝居を組み立てられるようなわかりやすいお題だろ？」

嚙《か》んで含めるみたいに言う。

「わかりやすい、お題……」

「そう。たとえば嫉妬《しっと》とか、具体的に言うにしても、三角関係とか家庭不和とか……そういう、芝居にしやすーい、わかりやすーい、テーマ」

「……そうか」

つまり、テレビでやっているドラマみたいな明瞭《めいりょう》さということか。たしかに、あまり観たことはないものの、連続ドラマの途中の回だけをたまたま目にしても、だいたいのあらすじはわかるものだ。

「そういう、ことだったんだ……」

テーマと言われて、自分の興味の範囲内で探した、否、脊髄《せきずい》反射的に迸《ほとばし》ったのは、完全にこっちのフィールドにある「テーマ」だったのだが、川端はそれではいけないのだと言う。

「ま、コーちゃんの場合、悪気はないのはわかるんだけどさ」

友人は、陽気に言う。

「だけど、あの人たち固まってたよな。ああいうふうに言うってことは、相当アドリブに自信あるんだろうけど、それが立ち往生……完全に、意表を衝《つ》かれたって感じ？」

くすくす思い出し笑いをするが、砂家には同調するべくもない。べつに、困らせようと思ったわけではないものの、川端の言うように「悪意がなかった」かは自分でもよくわからない。なにしろ、上からの物言いにむっとしたことは、事実なのだ。

困らせたいとは思わなかったが、あれがなんらかのスイッチを押したことも、たしかだった。

「なぁに。楽しそうじゃない」

その時、柔らかなソプラノが降ってきた。目を上げるまでもなく、川端のお仲間たちだとわかる。英慶大付属初等科から、エスカレーター式に大学部まで上がってきた、いわゆる内部進学組だ。

「おー、ひさしぶり、ヒナ」

「って、毎週出てるわよ。失礼ね、ひとをサボリ魔みたいに」

最初に声をかけた彼女――真田比奈子《さなだひなこ》といったと思う――は、心外そうに応じ、二人の前の机に荷物を置いた。

語学の講義が行われる、小教室。四コマ目がはじまる前の休憩時間だった。

「そうは言ってない」

「言いたげだったわよ？　コーちゃん、今日も美しいわね」

突然、こっちにお鉢が回ってきて、砂家はへどもどする。が、それは内心だけで、表にはなんの感情も出てはいないらしい。

「うん。そのトレーナー、似合ってる」

ヒナの仲間が同調した。反射的に自分の胸を見下ろしたが、暗いオレンジ色のそれは、先週、バイト先のショッピングモールで買ったバーゲン品でしかない。

二枚で千円のワゴンセールには、同じような年頃の男が群がっていた。特におしゃれ好きそうな連中には見えなかった。

そのトレーナーに、茶色いコーデュロイパンツ、ダウンジャケットは一年生の時から着ている、彼女らからすれば流行遅れなのだろうが、ヒナたちはそれをあげつらうこともない。

こんな時、内進生とはいっても、それほど敵意を抱《いだ》く必要もないのではないかと思う。

だが。

「あの、こんにちは。真田さん」

おずおずとした声に視線をやると、同じクラスの男子学生がヒナを見ていた。

とたんに冷淡な面持ちに変わり、

「どうも」

ヒナの愛想の数値は、百から〇に急降下したもよう。けんもほろろ、とはこのことだ。

それきり、一言もない。男子学生は失意の様子で、のろのろと後ろのほうへ去っていく。

一連のやりとりに、砂家もまたさっと気持ちが冷めるのを感じていた。一瞬抱きかけた好意など、宇宙の彼方《かなた》だ。いけ好かない、鼻持ちならない連中。地方出身の、大学からこの学び舎《や》に入ってきたような学生たちに対する内進生の、見下した態度。

とうてい、シンクロなんかできない横柄さだった。

内進生は内進生だけで固まっていればいいのだ。

「あれ、なに？　コーちゃん」

いったん机に出した教科書やバインダーをまたしまいこんで立ち上がった砂家に、川端が声を上げる。

「――前で聴く」

彼らに対し、言葉数を費やす気にはなれない。仏頂面で言い落すと、川端は疑い深げにヒナに目をやった。

その通り。腹の中だけで大きくうなずき、砂家は前の列に移動する。

「気まぐれなんだから、アイスドールは」

ヒナの声が背中を打ったが、的外れだと思った。自分たちの傲慢《ごうまん》さに気づかない限り、彼女らに砂家の関心を得ることはできない。

しかし、自分の指図に従い、好意を得やがれと強《し》いる気持ちもなかった。そうまでして、ヒナたちと親しくなりたいとも思わない。

彼女らが馬鹿《ばか》にするであろう田舎育ちで、一般入試で東京の名門大学に入ってきたような自分にだって、あの学生みたいな扱いを受ける条件は備わっているのだ。

それがそうならないのは、ただ、容姿が優れているという点のみ。しかし、その価値基準は砂家には理解しがたいものである。ちょっと見てくれがいいぐらいのことで、過剰な好意を受ける理由はない。

それが、もうじき三年になろうとしている砂家なりの秩序だった。だいいち、学生の本分は勉強なのだ。顔を見ればやれ、合コンだスキーだと誘ってくる連中の心根には、さらに同調できなかった。

やがて講師が入ってきて、講義がはじまる。シャープペンシルの芯《しん》をノックして出しながら、あの劇団の男の顔が浮かんだのは、フランス語の時間だったからだ。CLARTÉ。光。思わず口にしたら、男は砂家に興味を惹《ひ》かれたようだった。もちろん、自分が所属している劇団の名称だ。意味を知らないはずがない。だが、とっさに理解する一般人は珍しかったのだろうか。

そんなことを考えていると、出席簿が回ってきた。自分の名のところに丸をつけた砂家は、いちばん下の欄を見るともなしに確認した。高塚晴登《こうづかはると》。学籍番号からして、四学年上のはずなのだが、まだ二年生。そして、出席を記す欄はずっと空白のままだ。

もう今年度も終わりだというのに、一度も出席しないとは、砂家には許しがたい狼藉《ろうぜき》だ。考えられない。それとも、四年も留年したら、この不届き者もさすがに気まずくて、学校になんかくる気になれないのだろうか。

だったら潔く退学すればいいのにとよけいなお世話を浮かべつつ、隣に出席簿を回す。ほんとうによけいだ。よそごとに気をとられて、講義を聞き流すなんてそれこそありえない。


帰宅すると、時計は九時前を指していた。今日はレジ上げに手間取ったため、いつもより遅くなってしまった。遅番に新しく入ってきた女子高生は、アルバイト経験がないらしく、すべての作業にもたつく。

でも、一所懸命やっている。努力する人間を馬鹿にしたり、いらついたりしてはいけない。自分だってはじめの頃は、要領を得なくて皆に迷惑をかけた。

最寄駅に直結したショッピングモールに入っている書店で、砂家は一年生の頃からアルバイトをしていた。週四日。五時から閉店の八時までの遅番。日曜は九時から五時までの早番に入る。残りの三日のうち、火曜と木曜には進学塾で講師のアルバイト。水曜だけが、なにも入っていない。

これで、駅から徒歩三十分のところにあるワンルームのアパートの家賃を払い、その他光熱費、食費をすべてまかなっている。仕送りを受けていない大学生なら、だいたい似たりよったりだろう——大学に入学するまでは、そう思っていた。

ところが世の中には、信じられないくらい富裕な家というものが存在する。初等科から英慶育ちなら、ほぼ百パーセントだ。彼らはアルバイトをしない。ファッション誌の読者モデルとでもいうのでない限り、自らの手で稼ぐような者はおらず、そのくせ金のかかる遊びばかりしたがる。むろん、親の金だ。

砂家自身、学費は親が払っているから、あれこれ言える立場ではない。受験料から入学金まで、自力で払っている者すらいるのだ。自分など、まだまだである。

言うまでもなく、豪遊している富裕層とは内進組の連中だ。むろん、砂家の財布が痛むわけでもなんでもないから、どんな遊びをしようが彼らの自由である。だが、その馬鹿みたいなスキー旅行や、会員制のカントリークラブで行うゴルフコンペなどにやたら誘われるのは迷惑だ。迷惑をかけられているのだから、自分にはそのことにおいて彼らを毛嫌いする正当な理由がある、と砂家は思う。

今では英慶に進学してしまったことを少し後悔しているほどだったが、泣きごとは言うまい。勉強は楽しいし、知識が自分の中にじょじょに溜《た》まっていくように感じるとやる気も出る。軽佻浮薄《けいちょうふはく》な連中の誘いになど、耳を貸さねばすむ話だ。

砂家はハロゲンヒーターのスイッチを入れ、整理ダンスの上からぬいぐるみを下ろした。センターテーブルには、朝多めに作っておいた煮物と、雑穀米のおにぎりがすでにスタンバイしている。

テーブルにぬいぐるみを置いてから、今度はCDラジカセ——今どきそんなものはない、と大学の連中は言うが、実際ここにある——のスイッチを入れた。

朗々とした声が、ワンルームの部屋に流れ出す。

少年団結す——

詩吟「白虎隊」だ。

高校の時、部活はなにやってたの？　はじめてヒナたちに囲まれて問われた時、「吟道部だけど」と答えたら、「ぎんどおー？・」と思いっきり不思議そうな顔をされた。

自分でだって、高校生にはよくある趣味というわけじゃないと思うけど、と返そうとしたら「って、なに？・」——真面目《まじめ》にそう続けられ、内心やれやれと嘆息した。

そんな彼女らも、詩吟ぐらいは知っていて、しかし「しっぶーい。見かけに合わない！」

と、そういう感想だった。

渋くて悪いか。「白虎隊」は、ことに胸が熱くなる吟譜であり、あの時彼女らのリクエストに応じて、一節披露なんてしなくて、ほんとうによかったと思う。

幕末、幕府側についた会津藩は、十六歳から十七歳の武家の息子を集め、最後の抵抗を試みた。が、劣勢をはね返すことはかなわず、追いつめられた少年たちは、南に鶴《つる》ヶ城《がじょう》を望みながら、飯盛山《いいもりやま》で自刃する。

「じゅうゆうくにん、とふくしてたおるー」

CDに合わせて唱和すると、感慨が目裏を熱くさせた。こんないいものを、「しっぶーい、意外すぎー」とか言って簡単に片付ける女どもが、砂家は大嫌いである。どうして皆、詩吟を聴かないのだ。どうして今どきの、チャラチャラした喧《やかま》しい音楽以外受けつけないのだ。

「まあ、関係ないけどね」

発泡酒の缶を口に運びながら、砂家はひとりごちた。

目の前で、ぬいぐるみが笑っている。

砂家の頭がおかしいのではなく、実際、この「タンパくん」というキャラは、目尻《めじり》を下げて笑っているような顔をしているのだ。

タンパくんといったって、周囲は誰も知らなかったし、きっとかわいいとも思わないだろう。

農林水産省が、食料自給率向上キャンペーンの一環としてマスコットキャラクターを作ったのは、砂家が高校生だった頃だ。

農水省のホームページをたまたま開いた砂家は、一目で惹きつけられた。白い六角形の顔に、上辺に沿うようにして斜めになった線が目で、下辺に沿った直線が口、なのだろう。

有機化合物を構成する原子団のうち、アリル基を顔に見立て、身体は白衣をまとっている。その時点で、人間をデフォルメしたものかと思っていたら、発売されたキャラクターグッズでは、テディ・ベアのような身体になっていて、少し惜しい。どうせなら、すべてをオリジナルな発想で作ってほしかった。

とはいえ、イベントにあわせて限定グッズが出ると聞いてはいてもたってもいられなかった。地方住まいの受験生だったため、農水省のそのイベントには行くことができなかったが、ぬいぐるみだけはオンラインショップでも販売することになり、早々手に入れた砂家は、届いたタンパくんを抱きしめ目裏を熱くさせた。詩吟の「白虎隊」も、藤山一郎先生の歌う「白虎隊」もぐっとくるけれど、タンパくんには敵《かな》わない……。

受験勉強にも身が入るというものだ。ベッドの上でタンパくんは、深夜まで問題集を解く砂家を励ましてくれているような気がした。

それにしても、ボールペンやキーホルダーといった他のグッズを入手できなかったことは悔やまれる。こういう時、田舎は嫌だと思う。

いやいや。そんなばちあたりなことは。入学金も寄付金も、それればかりか学費まで出してくれている両親の顔が浮かび、砂家はすぐに不届きな考えを打ち消した。

砂家の実家は、べつだん貧しいわけではない。むしろ、地域では裕福なほうだと思う。公認会計士だった父親は、砂家が小学生の時に独立し、友人とともに事務所を開いた。その代表として、大口のクライアントをいくつも抱えている。中学一年の暮れには、一家五人がビジネスクラスでハワイ旅行を楽しんだ。まあ、そのレベルの富ではある。

梨園のような世襲制ではないとはいえ、父親は三人いる息子のうち、誰かに跡を継いでほしいようだった。

その希望は、地元の国立大学の商学部を出た長男がかなえてくれそうだ。

弟はまだ高校生だが、幼い頃から音楽に才能を覗《のぞ》かせ、今はピアノコンクールで常時、上位に入る活躍ぶり。おそらく、卒業後はジュリアードにでも留学するのだろう。

真ん中に挟まれた自分はといえば、いたって気楽な身分だと思う。特に才などなくとも、親孝行なら上と下が手分けしてこなしてくれるだろうし、親もそう思っている。だから、東京の私立大学を希望した次男に、異を唱えなかった。

それでも、地元で進学する選択を捨て、東京に出たことで、両親にもうしわけない気持がある。入学金も年間の学費もとびきり高い私立だが、バイオテクノロジーの研究をしたい高校生なら、東大でなければ英慶を選ぶだろう。英慶大学の理工学部は、環境も設備も日本、

いや世界屈指のレベルであり、ノーベル賞の受賞者も輩出している。

とはいえ、東大に入れる頭を持っていたなら、親の負担も軽くてすんだのだ。

学費まで払ってもらいながら通っている。ほんとうは奨学金を受けたかったのだが、ふた親揃《そろ》っていること、親の年収、この二点で審査から漏れてしまった。

この上は、勉学に励み、優良企業への就職を勝ちとるしかない。

砂家が必死になるのには、そういうわけがあった。


しかし。

実際の大学生活は、それ以前に思い描いていたのとは、だいぶ違う……。

「ね、お願い。この通り、頼みます」

目の前で拝むように手を合わせる彼女を、砂家は不思議な気持ちで眺めた。

二コマ目が終わり、学食へ向かおうとしたところを捕縛された。ヒナの仲間の女子学生たち。

ヒナのグループといっても、本人は含まれていない。この内進グループのうち、理工に進んだのはヒナ一人だけで、彼女らは基本的に文系らしい。初等科から英慶にいて、他に理系は医学部に一人いるだけだという。嘆かわしいことだ。

そんなことはどうでもよくて、この包囲網をどうにか突破しなければならないのだが、やはりお願いを受け入れない限り解放されないのだろうか。

　まっぴらごめんである。数ある合コンの中でも、体育会系クラブのマネージャーだらけの合コン、なんて、どんな押しの強い女が待ち構えているかわかったものではない。

「そういうの、俺苦手だから」

　砂家は手を振って断わったが、彼女は引かない。

「えー。たまにはいいじゃない」

「たまには顔出してる――」

「っていうか、もう他の子にも連絡回っちゃってるのよ。砂家くんくるって」

　砂家はむっとした。返答を遮られたことにではなく、自分の知らないところで勝手なプロジェクトが進行していたことに。

　こんな時、頼みは川端なのだが、あいにく遅れに遅れたレポートを提出しにいっていて不在である。

「そんな無責任なこと言われたって、困るよ」

「無責任って……ねえ、ちょっと顔出してくれるだけでいいの」

　彼女が手を合わせると、肩に下げたバッグも揺れた。大きなロゴが入っている。いずれ名だたるハイブランドの製品なのだろう。砂家を取り巻く他三名も、似たりよったりのバッグを持っていた。

きれいに髪を巻いて、一分の隙《すき》もなくメイクして、最新流行のファッションに身を包み、勉学のことなどひとつも考えてはいなそうな彼女たち。

名門大学だと思って入学したら、そこは昆虫なみの知力の持ち主がごろごろしている場だった。どうしてそんなことになるのか、砂家には理解できない。で、そういうのは「下から英慶」、つまり内進組に限られるのかと思っていたら、入学当初は野暮《やぼ》ったかった「大学から英慶」の女子の一部が、みるみるうちに垢《あか》ぬけてきて驚いた。むろん、一部だけだが。嘆かわしい。いくら同じような外見を作って、内進生たちに混じろうとしても、陰で「あの子の洋服、今日もあの雑誌のまんまだったわね」などと意地悪く微笑《ほほえ》み合われていることを知らないのか。

知らないわけだ。ちなみに、どうして砂家がそんなことを知っているかといえば、目の前でそういうやりとりが行われているのを見聞きしたからだ。彼女らは砂家をやたら崇《あが》めているが、その実人語を解《げ》さない犬かなにかだと思っているらしく、堂々と他人をこき下ろす。

いや、崇めているわけではなく、ただかわいがりたいだけなんだな、ともわかってきている。だから砂家は、彼女らと交わりたくない。

「顔見せるだけでいいんだったら、写メでも撮る？」

せいいっぱい皮肉ったつもりだったのに、

「やだコーちゃんたら、おもしろーい」

なぜかウケてしまった。もはや相手は宇宙人としか思えない。さんざめく笑い声の中、砂家は一人立ちすくむ。

「ちょっと、なにやってるのよあなたたち」

そこへ、新たな声が入ってきた。モスグリーンの温かそうなコートをまとったヒナが、腕を組みムートンブーツの足を踏ん張って、こちらを睨《にら》んでいる。

「なにって、今日の呑み会にコーちゃんを誘ってるんだけど？」

「まっ」

きれいなアーチを描いた眉《まゆ》が跳ね上がった。

「そういう交渉、あたし抜きでする？　信じられない」

「だってヒナ、いなかったんだもの……」

「悪かったわね。実験の片付け当番だったのよ」

「いやだヒナ、そんなお当番なんて、適当に代わってもらいなさいよ」

応対していた女子学生が、露骨に嫌そうな顔になった。

ヒナはちょっと言い淀《よど》んだものの、

「そういうのは嫌いなの。ね？」

と、こちらに水を向けてくる。そう言われても去年あたり、群れなす信奉者に飴《あめ》（笑顔）

を与えてその役目、押し付けまくっていたはずだ。当然、その後は鞭《むち》（拒絶）もくれてやっていたわけだが、無駄なつっこみはしない。それよりこの隙に逃げようと歩を踏み出しかかった時、

「待ってコーちゃん、たずね人がいたわよ」

ヒナが待ったをかけるように腕を摑《つか》んできた。

「え？　俺べつに、誰も探してなんかないけど」

「違う違う。コーちゃんが探してる人じゃなく、コーちゃんを探してる人」

「……って、誰？」

「さあ。コーちゃんなら知ってるから連れてきてあげるって、あたし言っちゃったのよね。親切でしょ？」

「いや……」

勝手な人探しプロジェクトがここでも動いていたのかと、げんなりするだけである。

だが、自分を探しているというのが誰なのか、ちょっと興味をおぼえなくもない。なによりも早く、この場から脱出したい。

「あの子たち騒ぐから言わなかったんだけど」

群れからまんまと離れ、歩きながらヒナが砂家を見上げてきた。

「すごいイケメンのお兄さんよ。あれ、誰なの？」

「そんな、主観のみでの印象で語られたって、誰だかなんてわかるわけないよ。っていうか、さっきもわからないって言ったはずで」

「そうよねえ。あ、これあげる」

ヒナはまた勝手にポケットに手をつっこむ。基本的に、ここ所属の女たちはマイペースである。別の言い方をすると、ひとの話など聞いちゃいない。

近くで見ると、羽毛でも入っているような、ふんわりとした布地のコートだった。おそらくこれも、ハイブランド。

だが、ヒナが摑み出したものを目にしたとたん、砂家は彼女のコートのことなどどうでもよくなった。

「こ、これは……」

四年前の限定グッズ、タンパくんのキーホルダー……。

「どうして、真田さんが？」

「農水省に、父の知り合いがいるの」

ヒナは、なんでもないことのように答える。

「コーちゃんが好きだって聞いたから、ひょっとして融通きかせてもらえるかな？　と思って」

「あ、ありがとう」

キーホルダーを大切に両手で受け、砂家は素直に感謝した。いいのよ、とヒナ。

「その代わり、あたしがたまにへましたた時に、露骨に嫌わないでくれる？」

「――え？」

「直そうと思ってるの、これでも」

「……」

それは、外部からの学生に対する、冷淡な態度を、ということだろうか。

ちらっとそういう憶測がかすめたものの、砂家の意識はすぐに手のひらの上のマスコットに向かう。

六角形の、白い顔。

糸みたいな目と口。

タンパくんは、邪気のない微笑みでこちらを見つめ返してくる――ような気がした。

砂家はいそいそと、バッグのストラップにキーホルダーをぶら下げた。ぬいぐるみと比較して、十分の一サイズのタンパくんは、ちんまりとそこで揺れている。

かわいい。

脳みそがとろけそうになった。ぬいぐるみもかわいいけれど、小さくなったら、それはそれでまたかわいい。

小さなタンパくんが、自分の机の上を刷毛《はけ》で掃いたり、床に落ちた消しゴムをうんしょ、うんしょと運んでいるところを想像し、知らずのうちに口角が上がる。どうしてそんな想像に及ぶのかは、わからない。これが「萌え」というやつなのだろうか。

「嫌だ、コーちゃんたら、いい笑顔！」

「えっ」

「あ、いた。あの人」

ヒナの指すほうに視線をやり、砂家はタンパくんのことを一瞬忘れた。

「やあ、やっと会えたね！」

おまえはどっかの芥川賞作家か、と言いたくなるようなセリフとともに手を挙げているのは――あの、砂家に声をかけてきた劇団の男だった。

「なんでここに……」

砂家は立ち止まる。

2

男は、高塚と名乗った。

「こうづか……」

どこかで聞いた名前だ。考えこむ砂家の傍らで、「ここではなんですから、ちょっと遠いけどカフェテリアに行きません？　ご案内します」、ヒナが誘導しようとする。

「あ、だいじょうぶ。普通に場所、わかるから」

高塚はさらりと受け流した。

「え？　そうなんですか？」

さすがのヒナも、あきらかに年長相手では引き気味だ。

「うん。だって、俺、ここの学生だから」

その言葉を聞いて、頭の中で蠢《うごめ》いていたパズルの最後のピースが、かちりと嵌《はま》った。

「こうづか——はると？」

「あら。よくご存じで」

そりゃ、出席簿の中ではクラスメイトですからね……などという嫌味を言ってはいけない。

砂家は言葉を呑みこんだ。

「あ、じゃああたし、あっちに合流するね……」

どことなく固い笑みを残して、ヒナが去っていった。

「うん。さすがに引き際は心得てるようだな」

その背中を見送りながら、高塚晴登は顎《あご》を二本指で摘《つま》む。

「引き際、って」

「この場じゃ自分は邪魔者だと、素早く察知する能力」

「は？」

「それにしてもすごい」

「――なにが、ですか」

四つも上だが同級生という者に対する言葉遣いが、わからない。とってつけたような敬体文で訊《たず》ねると、高塚はにやりとした。

「名前はわかんないんだけど、英慶生で、たぶん一年か二年の、めちゃくちゃ美形、泰西名画集ってな本に載ってる、ナントカ王子の肖像画みたいな美形ってヒントだけで、まんまときみを連れてきた。才能だね、もはや」

「あ」

そういえば。砂家の名など、高塚は知るわけがないし、そのヒントが適切なのかもわからないものの、同じことを自分が訊かれたとして正解を出せるかは怪しい。というより、不可能だと思える。

だが、ヒナは「コーちゃんなら知ってるから」請け合ったと言っていた。高塚は、自分の名を出したのではないだろうかとも考えた。

「いや。ぜんぜん見当つかないし、適当に印象を並べただけで『それ、きっとコーちゃんだわ』って、あの子そう言ったよ？」

「そ、そうなんですか……」

ただの勘だったか。そうだとすれば、ヒナもあなどれない。ナントカ王子……恥ずかしいが知らない名前だ。どこの国の王子だろう。

二人は遊歩道を進み、中庭のベンチに落ち着いた。

カフェテリアなどに誘われなくてよかった。無駄遣いはしたくない。

「それで、俺になんの用ですか？」

そもそも、どうしてこんなふうに高塚と並んで坐《すわ》っていなければならないのか、その根本的な疑問を思い出した。

「ん？」

高塚は、ダウンジャケットのポケットからタバコを取り出す。ここは禁煙ですよなどとは言えない証拠に、遊歩道のあちこちに吸殻が散らばっている。

「なんというか……」

赤い箱に入った、茶色いフィルターのついたタバコだった。ため息みたいに煙をふうっと吐き、高塚はいったんタメた。

「はい」

「どん引かないで聞いてほしいんだけど」

さらにタメる。

「？　はい」

「まあ言うなれば」

まだまだタメた後、

「忘れられなくてさあ、きみのことが」

さりげない口調で言った。

「はあ」

高塚は、おやという顔になる。

「なんだ、びっくりしないの。それとも引いたの」

「引いてないし、驚いてもいません」

砂家は帆布バッグに手をつっこんで、大きな古めかしい形の懐中時計を引っ張り出した。ぱちんと蓋《ふた》を開き、時間を見る。

「……そうなんだ」

ふたたび時計をしまうと、高塚はどことなく傷ついたふうにこちらを見ていた。

「こんなことで、くじけるのはよくないと思います」

「く、くじけてなどいない！」

そうかもしれないが、動揺はしているようだ。

「っていうか、きみ、馴《な》れてるんだね。こういうことに」

肯定も否定もしない。奥ゆかしさは日本人の美徳である。

ただ、軽く首を傾《かし》げてみせると、

「ちぇーっ。つまんねえの」

相手は思いっきり不満げに言った。

「つまり、さっきの言葉は本心からのものではなくて、ただからかうと面白そうだからということで、俺を探していたんですね？」

「は？」

高塚は、目をぱちくりさせた。

「そんなどうでもいいことで、来たくもないこんなところに足を踏み入れるかよ。なんでそんな、曲解するわけ」

「曲解というか……可能性の高いほうからつぶしていこうかと思っただけです」

「はー……なんか、めんどくさそうだね、きみ。見かけによらず」

単純そうな顔をしているということだろうか。

だが、その可能性を問えば、またむんどくさいと言われそうだった。短時間に同じことを二回言うのは、合理的なことじゃない。

「その顔に惚《ほ》れたんだけど。だからもう一回、見たかった」

だが、砂家が気を遣ったにもかかわらず、高塚は同じことを二度口にした。

「じゃあ、もうじゅうぶん見ましたよね」

立ち上がりかけた腕を、摑んで引き戻す。

「ぜんぜん足りない」

強欲なセリフとともに、その端整な顔がぐっと近づいた。温かくて弾力のあるものが、唇を塞《ふさ》ぐ。

「……む」

どこかでキャッと悲鳴が上がった。

砂家は目を開く。反射的に閉じてしまっていたのだ。視界に、三人連れの女子学生が映る。ベンチから少し離れたところで、彼女らはこれを目撃したことにより悲鳴を発したようだった。

すぐに離れたほうがいい。そう思ったタイミングで、高塚のほうから唇を離した。にやりとする。

「なんだ、これから舌を入れるところだったのに」

「それは困ります」

砂家は相手の顔の前に、手のひらをたててみせた。

「よけいな誤解を与えかねません」

「……もう与えてるだろ、手遅れだ」

高塚が彼女らのほうに顔を向けると、またキャッと声が上がった。今度のは、悲鳴というより歓声に近いニュアンスに聞こえた。

「はー……残念です」

「おや。コーちゃんでも、女の子の動向が気になるんだ？」

からかうような顔。

「というより、好きでこういうことをしている、と思われるのが無念なんです」

「――悪かったよ」

しぶしぶとだが、高塚は謝った。

「たしかに、不意打ちくらわせて主導権を握ろうとしました、すみません……って俺、なんでお詫《わ》びなんかしてるんだよ」

「不意打ちは卑怯《ひきょう》だからでは」

「ったく、動じない奴。っていうかきみ、初めてじゃなかったね？」

「いちおう成人してますから」

ようやく思い出し、砂家はまたバッグを開いてポケットティッシュを取り出した。相手の手前、控えめにそっと唇に押しあてる。

「……なんか傷つくんだよなあ」

ティッシュで唇を押さえたまま目だけ動かすと、今日いちばんの心外そうな顔に出会った。

「雑菌などが付着すると、厄介《やっかい》ですから」

高塚はがっくりと肩を落としたが、砂家が丁寧にティッシュを畳んで、包みの中に戻すのを見ると、訝《いぶか》しむような表情になった。

「なんで戻すの？」

「さして汚れてないからですが」

「もしかして、裏返せばまだ使える的な話？」

砂家は雷にうたれたような衝撃を受けた。そうか、そういう使い方もある！

「なんだよ」

「高塚さん」

「はい」

突然声が真剣味を帯びたせいか、年上の同級生は背筋を正す。

「たしかに、それなら表で二回、裏を返して二回、無駄なく使うことができます――なんで俺、気がつかなかったんだろう!?」

自分の声が、珍しく取り乱しているのに気づき、いけないいけないと胸を落ちつかせる。

感情を激させるのは、一人の時だけ。さっきタンパくんキーホルダーをもらった時には、少しあわてたけれど、あれは例外だ。タンパくんだし。

「って……俺も今、一瞬できみのこと尊敬した。ついては」

高塚は、砂家の手をとった。

「俺とつきあわない?」

砂家は急いで辺りを見回した。

「あの三人組なら、ティッシュのくだりで引いてったけど?」

「――」

心を読まれていた。恥ずかしい。

うつむくと、あ、と高塚が声を上げた。

「それ、今話題のゆるキャラだよね。たしかタンパくん」

目をやると、指が砂家のバッグのストラップをさしていた。

「尊敬します」

「――はい?」

「頼まれても、絶対譲りませんから」

急いでタンパくん部分をバッグに避難させる。

「いや、要《い》らないし……好きなんだ？　そういうの」

「そういうのというか、タンパくんだけです。でも」

「だから、そんな目をギラギラさせなくても、横取りする気なんかないから」

それより、と話を変えた。

「で、どう？　俺を彼氏にしたくない？」

「……どんな相手だろうと、彼氏は要りません」

「そうか。そうだよなあ……って待て待て！　俺は真剣だ」

立ち上がった砂家の、今度は肩を掴んで引き戻そうとする。

ギャラリーは見当たらないものの、交渉を続けても折り合わないことは確実だ。砂家はそうされるより早く、相手のほうを向いた。十数センチ高いところにある顔を、凝視する。

「なんだ？」

やや怯《ひる》んだと見える高塚に向けて、こう言葉を放った。

「そんなことより、授業に出ませんか」

話を聞いた川端は、おおいに悔しがった。

「あのイケメン劇団員が、あの高塚晴登だったって？　マジ大学来たの？　うわ、くそ！　くそ！　なんで俺、レポートなんか出しにいってんだよ」

「大幅にしめきりを破ってたからじゃないの」

「イヤミですか……」

事実だと思う。少しでも点数を稼ぐべく、いじましくも源吉兆庵の菓子まで添えて。

「で、結局帰っちゃったわけ？　なんだよもう、しくったわ」

さかんに後悔している川端を前に、砂家は先ほどのできごとを脳裏に甦《よみがえ》らせていた。

話したとはいうものの、川端に伝えたのはダイジェストである。キスしたことや、交際を申しこまれたことなどは、いうまでもなくカットした。砂家に群がってくる蟻《あり》に、雌雄の区別はないと心得ている川端ではあるが、省いたのは高塚が男だからではなく、不覚をとったことなんて知られたくないからだ。姑息《こそく》なのは、自分もだ。源吉兆庵の件は、知らなかったことにする。

「だけど、せっかく来たんなら、たまには講義に出りゃいいのに」

「なんか、合わせる顔がないらしいよ。全体的に」

正確には、「会いたくない顔が、やたらとあるから」とつっぱねて、高塚は風のように去っていった。

「四ダブじゃなあ……てか、いっそ退学したほうがよくない？　今から即行で改心しても、卒業時二十六だろ。これは恥ずかしい」

「でも、そのぶん学割が人より長く使えるよね」

「そんな理由でダブる奴はいないだろ」

川端は、真顔で否定した。

「まあ、どういう理由にしろ、芝居に打ちこむにしても、ダブらない程度にしなきゃな」

そういう節度のありそうなタイプではないだろうと、砂家は思う。行動だけ見れば、改心しそうにないのだが、いつまでも学生をやっていることを知る人間とは会いたくないという言い分とそれは、矛盾している。砂家だって留年などしたくないし、じゃあなんでずるずる学生でいるのかと考えると、高塚の頭の中は、砂家にはわからないしくみになっているのだろう。あたりまえだ。みんな、一人に一つずつ頭を持って、自分だけのさまざまな思考をそこに詰めこみ、出したり入れたり入れ替えたりしている。

思えば、そのことが、というのは「他人の頭の中」だが、その存在に気づいた日から、砂家は驚異と畏怖《いふ》をおぼえ、同じ教室にある三十個の頭と三十通りの自分とは違う考え、のことを想像し眠れなくなった。

結局、折り合いがついたのは、目に見えないことをあまり考えないほうがいい、という結論が出たからだった。人の感情がどんなふうに動くかなんていうことをいくら考えても、科学は進歩しない。大学は、迷わず理系を選んだ。

「ねえ、高塚さんに会ったって、ほんとう？　砂家くん」

カフェテリアには、学部や学年の違う学生が入り乱れている。

端のテーブルでちまちま茶を飲んでいる二人に声をかけてきたのは、高校時代、川端の部活の先輩だったという女子学生だ。彼女は、「いい？」と断わってから、空いていた椅子《いす》に腰を下ろした。ふわりとフレグランスが鼻孔《びこう》をかすめる。

「あれ、先輩知ってんですか、高塚さんのこと」

「まあね——といっても、三年違うし、在学かぶってたのは初等科でだけだったけどね」

砂家は内心驚いた。高塚も、それでは内進組だったということか。思ってもみなかったことだった。しかし、ということは高塚はそれなりの家庭の子息ということになり、学費を払っているのは親なんだから、いつまでも学生の身分のままだらだら好きな芝居に打ちこむことも可能というわけだ……というか、その可能性のほうが高かったのだ、考えてみれば。

「……」

「でも、私が入学した時、すでに有名だったけどね。それはイケメンだったわあ」

先輩は、一瞬遠い目になった。

「わかります」

川端があいづちをうつ。

「お家は、あの高徳会《こうとくかい》病院を経営していてね。なんでも、代々続いた御殿医の家系だとか。まあ初等科でも指折りのお金持ちなのよ」

いよいよ、鼻持ちならなくなってきた。高徳会病院なら知っている。上京した時電車の窓から確認しただけでも、その名を掲げた大きな病院が三棟はあった。そこの経営者となればもう、資産は天文学的数字にのぼるだろうとわかる。

高塚晴登の、整った面がとぼけた表情であかんべーしているのが見えるようだ。いや、べつに金持ちの内進生一派でもいいのだ。それならそれで、ティッシュの節約法なんか伝授してほしくなかっただけだ。かえって、馬鹿にされたように感じるから、嫌だ。

「はあ。え、じゃあ、どうなってんですか、跡継ぎのこととか。それに、医学部じゃないですよね、高塚さん」

「よくわからないんだけど、医学部には優秀な弟さんがいるみたい。というか、それ以前に、あの人大学に来てないでしょ？」

「まあ、ぶっちゃけ四ダブっすよね」

「ねえ。私が大学部に上がった時、まだ二年にいたわ……」

「でしょうねえ」

「そう」

彼女は、さかしげにうなずいた。

「まあ、それについては、ヘンな話があるんだけど」

「え、なんですかなんですか」

興味をそそられたていで、川端が身を乗り出す。砂家は無言のまま、氷が溶けて薄くなったアイス・オ・レをちゅるると吸った。

「ほら、クラルテとかいう劇団。高塚さん、いまそこでお芝居やってるんでしょ？」

「ええ。でも、こっちにも籍ありますよ」

「そこよ」

お嬢様の肩書きもどこ吹く風、先輩は飲みかけのストローでひとを指す、という無礼をはたらいた。

しかもなぜか、ストローの先は砂家のほうを向いている。

「一年生の頃からお芝居にハマってたね、というか、クラスメイトが先にハマって、その人のことを気に入ってた高塚さんも、つられるみたいにして劇団に入ったらしいのよ」

「え。それはつまり、コレってことですか」

川端からも、お坊っちゃまの看板が剥《は》がれかかっている。小指を立てるという、極めて下世話なしぐさをしてみせた。

「というか、こっち」

先輩は、意味深な顔つきで親指を立てた。

「えっ。それっていうのは、つまり……」

「その人が、舞台に没頭しすぎて留年しちゃったんで、高塚さんもわざと二年生にとどまった、という噂《うわさ》」

「へー……なんというか、一途な恋心なんですね、でも」

川端は、なにかを発見した顔になる。

「じゃあ、そのお相手っていう人も、まだどこかに在籍してるってことですよね？　言っちゃなんだけど、四ダブって、そんなゴロゴロいるもんなんすね」

「違うわよ」

先輩の表情が、やや翳《かげ》った。

「お相手は、二留したところで、潔く退学したみたい」

「へ？　じゃあ、それを追って高塚さんも……って、辞めてないし」

「そこなのよねえ」

彼女は、テーブルに両肘をついた。

「どうも、そこで関係は切れたみたい」

「まさか、高塚さんが捨てられたってことですか？　あのイケメンが、そんな」

「そうらしいわよ。その人、同じ劇団の年上の女優さんとつきあって、大きな声じゃ言えないけど、できちゃった婚したって——それで現実に目を向けたかして、二人して劇団も辞めて、今はどこかで堅実に働いてるみたい」

「……なんというか、それは。高塚さん、気の毒ですね……」

「気の毒なんだけど、だったら自分も将来のこと、現実的に考えてみたほうがいいかも？でも、あれから三年、まだ劇団辞めてないってことは、色恋関係なしにお芝居が楽しいのかもね」

ほうっとため息をつく。

「へー。だからって、四ダブまでいく必要もないと思うけど……」

そう返し、川端は、どういう意味でかこちらを見た。

砂家にとっては、まるで異次元の世界のできごとを聞いたような按配《あんばい》である。たかだか好きな相手がいるというぐらいで、学業を怠けて劇団に飛びこむ気持もわからなければ、その恋に破れたにもかかわらず、学業を怠けて芝居を続けている心性も理解できない。

つまり、まるで共感できないということだ。

それなのに、ここまで胸焼けするようなストーリーを聞いて、なんとなくだが面白くない気分になっているのは、なんでだ。

「惚れた」とかなんとか言いながら、公衆の面前でキスをしてきた、その軽薄さが気に食わない。そういうことか。自分だったら、焦がれていたって人前でキスするなんて、ありえない。相手の性別は、まあ措《お》くとしてもだ。

それよりも籍があるということは、いまだ高塚は学生なのだ。

なのに、よそごとにかまけて、本分をおろそかにしている。今年度になってから、一度も講義に出ない。

ふざけた話だ。キスはもちろん、有料じゃない。これまでにだって、複数の男女が事前に了承も得ず、それを砂家にしかけてきた。だからって、なにも代償を払えとは言わない。

だから、キスが問題なのじゃなく……「つきあおう」、あの言葉が腹立たしいのでもなく……いや、じゃあなに？

あらためて自問してみたが、具体的になにが癇《かん》に障るのかは見えなかった。

ただ、あのキスはずいぶんと安かったんだな、と思う。

ということは、タダでさせたことが口惜しいのか。

料金などとらない。そう思ういっぽうで、盗まれたとも感じている。

方針の相違だ。つまり、他人の頭の中には、自分とは違う考えが詰まっている……ひさしぶりにそのことを思い出し、砂家は嫌な気分になる。顔が、それを表す無表情になっていくのもわかる。でも、いつものように「他人の思うことなんだからしょうがない」で片付く心情ではなかった。それが、なんだかざわざわする。

フランス語の教室に一歩踏み入った砂家は、「コーちゃん」と呼ぶ声を聞いた。

それは、なじみのある誰かのではなく、最近知った声である。

嫌な予感をおぼえて視線を送ると、あんのじょう、小教室の列の真ん中あたりで手を振る、高塚の姿があった。

すでに教室にいたメンバーは、もれなく二人に注目している。

その状況で、「ハーイ」などと応じられようか。

「こっちこっち」

あくまで手を振り、さかんにアピールする。この、四留学生が、好いた男を追いかけて、畑違いの芝居の世界に身を投じるようなお調子者が、ふられたくせにずるずる劇団に居残る、往生際の悪い男が。

どんな悪態をついてみたって、高塚に手を下げさせ、黙らせることはできなそうだった。

砂家は、仏頂面のまま、高塚がいる中ほどの机に向かう。

「どうかしたんですか」

望みどおりに隣に席を決めた後、そう問うた。

高塚は、逆にもの問いたげな表情になる。

「どうかしたって、俺が？」

「……見たくない顔がいるから、とか」

初等科からの英慶ボーイなら、在学がかぶっていなくとも、高塚を知る者がいる――現に、あの女の先輩は知っていた。

そういうのも全部ひっくるめての、「見たくない」なのだと思っていた。しかし、出席簿に注目したことがあれば、その誰もが、飛び抜けて古い学籍番号と高塚晴登の名前を記憶に刻んでいるはずだし、現にこれだけ好奇の視線が四方八方から飛んできている。

まったく我関せずという顔で、

「そりゃいるけど、でも、コーちゃんの顔が見たいっていう気持ちのほうが、俺の中で勝ったから」

にこにこ。

「きゃあ」

おぼえのある、甲高《かんだか》い悲鳴。

「ちわっす――あれえ、コーちゃん、ていうか高塚さん？」

その時、教室に川端が入ってきた。並んだ二人を不思議そうに眺める。

「なんでいっしょなの」

「高塚さん、砂家くんに会いたい一心で、恥を忍んで出てきたんですって」

近くにいた女子が、必要もないことを教える。しかも、だいぶ本人の主観が混じっている。

それは、正確な説明とはいえないのでは。だが事実、「へえー」と川端はなんだか納得したていで、ずかずか近づいてくる。

「そういうことなら、邪魔しないほうがいいのかな？　とりあえず、俺は川端将弘で、コーちゃんの親友です」

そう言いつつ、不躾《ぶしつけ》にならない程度に高塚を観察する目になっている。

「うん。知ってるよ。入学してきたコーちゃんに、いち早く目をつけたんだってね。その慧《けい》眼《がん》、恐れ入ります」

高塚はなぜか、畏敬の意を示し、左手を差し出す。

川端もなぜか、左手でその手を握り返した。

「よろしく」

「こちらこそ」

いったい、どんな取り引きがなされたのだろう。川端は、ごくあたりまえな様子で砂家の左隣に坐った。

挟まれた。しかし、だからといってどうふるまえというのだろう。べつに、普通にクラスメイトが三人で並んでいるだけだ。あたりまえの、常識の範囲内のできごとだ。

波立つ心を鎮め、砂家は教科書とバインダーノートを取り出す。いや待て。高塚はどこで、川端に関するそんな詳細な情報を仕入れたのだろう。

「ん。どうした、コーちゃん？」

説明のつかない状況で、救いを求める相手にすがるとなれば、それは昨日や今日の知り合いにはならない。

おぼえず、川端のほうへ身体を寄せた砂家に、友人が問うた。

「いや、なんか悪寒《おかん》がして」

「へ？　珍しいね」

「保健室にいく？　連れてってあげようか。お姫様だっこで」

笑顔で、高塚。

キャ、と控えめな嬌声《きょうせい》が、また背後で上がる。

「べつに、なんでもありません」

お姫様だっこというのがなんなのかはよくわからないが、なにかものすごい積極性を感じた。それは、警戒心しか運ばない。砂家は、今、強い心が必要とされていることを理解する。弱みなんて、いっさい見せてはいけない。なにが起こるのかは不明だが、いけない。

「……学生の本分は、勉学に励むこと、です」

高塚に釘《くぎ》を刺すためか、それとも動揺しそうな自分への警告だったのか。この状況でもらすには、まったくふさわしいとはいえないものの、かみしめるようなもの言いに、両脇《りょうわき》はなぜか同調したようだった。

「たしかに」

「もう、真面目なんだから」

……どっちがどのセリフを吐いたかなど、砂家にはどうでもよかった。ただ、この九十分がいつもと同じく、集中できる時間であることを祈る。

気が散るということはなかった。集中できた。その証拠に、気がついた時には講義は終了していて、

「コーちゃん、昼どうする？　学食いく？」

と、川端がこちらを覗きこんでいた。

「あ、うん」

生返事しつつ、視界の隅に、高塚に近づく女子学生たちの姿を捉《とら》えていた。

「高塚さん、よかったらランチご一緒しません？」

とにかく彼女らは、貪欲《どんよく》だ。いい男とみれば、初対面だろうが平気で誘う。むろん、数を頼んで、という部分もあるのだろうが。

しかし、

「私たち、初等科の時から高塚さんに憧《あこが》れていたんですよー」

それは、伝える必要のある情報なのだろうか。内進組である、という事実の誇示。そうではない学生たちを切り捨て、特権階級にあることで、自分たちの、ここでの優越性を強調する。

つまりは、砂家の大嫌いな種類の鼻持ちならなさなのだった。

だが、彼女らの思惑がどうだろうが、砂家には関係のないことだ。同じ初等科からの英慶メイツですよねー？　と、絆を確認しあいたいなら、好きなだけやればいい。

そのはずなのに、なぜか立ち上がるタイミングをぐずぐず引き延ばしていた。はたして高塚は、どう応《こた》えるのだろう……。

「それはまた、化石のような思い出だな」

すると、すぐにその返答が聞こえてきた。

「嫌だぁ、そんなことないですよぉ」

「昨日のことのように記憶しておりますわ。高塚さん、ほんとに素敵だったんだもの」

「過去形だし」

「そんな、揚げ足をとるようなこと」

彼女らの応対は、内容じたいは心外そうだったものの、それを言う口調は甘ったるく、トイレの芳香剤みたいな匂《にお》いがする。

拒絶される可能性など、はなから憂慮していない者たちの言い草だった——そんな誘いを、すでに数限りなく受けていた砂家には、わかる。花のように微笑んで「ぜひご一緒に」と言いさえすれば、通らない要求はないと、彼女らはそう信じこんでいる。

「せっかくだけど、遠慮しておく」

不測の事態が訪れた。

「——ど、どうしてですの？」

問いかえす声は、ひどく狼狽《ろうばい》していた。

「きみらとのランチは、高くつきそうだから……どうせ、自動車部の連中が、アウディかなんかで運んでいく、麻布のビストロってところなんだろう？」

混ぜっ返すような高塚の声に、砂家は横目で隣を窺《うかが》った。

口角をきゅっと上げ、しかし親密げな様子はまったくなく、嫌味ともつかない言葉を口にしている。

「そんな」

「今日は、ホテルのブッフェを予約しているんです！」

抗議するのにも、

「じゃ、なおさら人数が増えちゃまずいだろう。自動車部も怖いしね」

飄々《ひょうひょう》と、だがきっぱりと高塚はしりぞけた。

「自動車部の方だけじゃありません」

その抗弁は、またいかにも的外れと思えた。

高塚もそう考えたのか、くすっと笑いを吐き出したような音の後、

「それに、俺はきみたちより常識外れに年上だしね。そういう集まりは、避けたいところ

だ」

と、今度はへりくだった言い方をした。しかし、あい変わらず固辞するていには変わりがない。

そんな一部始終を、結局最後まで見届けてしまい、砂家ははっと我に返った。

少し先で、川端が待ちかねている。

あわてて机の上を片付けた。その砂家の手の甲に、誰かが手を重ねる。

誰か――まぎれもなく、高塚の手だ。

「……なんでしょうか」

「いっしょに飯食って？」

たった今、女子学生たちの誘いをしりぞけた、同じ声で誘ってくる。彼女たちは、出口に向かうところだった――心なしか、その背中が怒っている。

そろそろと視線を戻した。高塚は、たった今自分が巻きこまれていたくだりなど忘れたかのように、真面目な顔でこちらを見ている。

――その顔に惚れたんだ。

不意に耳奥で、高塚の声が甦った。だから、つきあわない？　という、軽い誘惑。

背骨を、悪寒にも似た震えが駆け上がる。

「お断わりします」

決然と告げた砂家に、高塚は目を細めた。あん？　と、そんな声が聞こえてきそうな表情。傷ついたというよりは、俺の飯が食えないってか、というような傲岸《ごうがん》な顔つきだった。

「なんで？」

やっぱり、四年ダブっていようが、心性は「純粋培養の英慶大生」なのだと思った。

「今日は、友だちの下宿を予約しているので」

「おい、なんだそれ。聞いてないぞ」

川端の、たじろいだ声は聞こえないふりで、砂家は急ぎ足で教室を出た。


ストッカーを開け、売れ筋の新刊書を取り出しながら、砂家はふと、高塚の誘いを断わった時のことを思い出した。

取り出した本のタイトルが、「断わる男」だったせいだろうと、気を取り直す。一月に大きな文学賞を受けた作家の受賞第一作で、好調にはけていた。

そうだ。べつに、断わったからといって、怨《うら》まれる筋合いなどない。たしかに、高塚があの連中のほうに属する存在だとまのあたりにして、なんとなく憮然《ぶぜん》としたのは事実だ。

しかし、そんな思いの源は、自分が一方的に高塚を同類としてみなしていたことの反動なのだ。それは、あくまで自分の問題だ。身勝手に分類されては、高塚のほうこそいい迷惑だろう。まさか、あのグループだったなんて——勝手に決めつけてろ、としか言えないかもしれない。まあ、高塚にそんなことをうちあける日など、決してこないだろうけれど。

我に返ったはずが、またそんなことをうだうだ考えている自分に気づき、砂家は今度こそがっかりした。

立ち上がり、うんと腰を伸ばす。それから、立ち読み客の間をぬって、平台の整理をはじめた。

一年の時からアルバイトをしているこの書店で、砂家の役目ははじめ、返本作業という裏方仕事だった。

それが、人手の足りない時に頼まれて、レジに入ったことで状況が一変する。

やたらと女客が増えたのだという。

たしかに、レジに入っていてふと顔を上げると、自分の前に十何人の行列ができていて驚いたことはある。レジは、二か所あって、もう一つのほうはまるで空いているというのに。

だが、べつにそれを誇りに思ったりはしない。要するに、顔なのだ。レジにやたらと外見のいい男が立っていれば、そちらのほうに並んでしまう女心……誰かに説明なんかされなくても、今までの全人生を、この外見で送っている砂家にはよくわかっている。

そして、見た目という、表にしか出ない特徴だけを尊ばれている事実にうんざりする。顔が人より整っているからって、それがなんなんだと心から思う。容色など、いずれ衰える。

その時、内面がそれ以上に高められていないと、また必要以上に非難を受ける、という教えを、母方の祖父から受けた。砂家の外見は、この祖父によく似ていると言われる。もう亡くなったが、きっと若い頃には、さまざまな面倒ごとに襲いかかられていたのだろう。

ともかく、その活況を見た店長は、砂家の、より良い使い道を察知したらしい。その日のうちに砂家は、文芸書担当補助という役割を与えられ、返本作業に別れを告げた。バックヤードで、山と積まれた返本する小品のバーコードを、ひたすらハンドスキャナーで読む、という地味な仕事だったが、嫌いではなかった。

混みあう時間帯には、こうして平台や棚の整理のためにレジを出る。整理というのは建前の理由で、実際には「客寄せ」なのだという――出入りしている取次の営業が、呑み会の席でうっかり口をすべらせた。つまり、店長も抜け目がないといったような話の流れだったのだが、そこにいた、砂家以外の参加者は皆納得していた。納得しないでほしい。

やや憤りつつ、手はてきぱきと動いてハードカバーの隊列の歪《ゆが》みを正したり、作家名が五十音順で並んでいるはずの棚差しのそこここで、秩序が乱されているのを発見し、元に戻していく。

気がつくと、ハードカバーを手にした若いOLふうの女が、怖いものでも見るような目でこちらを見下ろしていた。

いけない。また、やりすぎてしまったようだ。仕事に熱中すると、顔面にえもいわれぬ迫力が出る、とアルバイト仲間から指摘されたのは、ごく初期のことだ。その迫力は、決して誇れるようなものではなく、簡単に言うと「怖い」。

いやしくも接客業に従事する者として、それはどうか。砂家は意識的に穏やかな空気をかもし出しつつ働くことを心がけるようになった。しかし、つい自分の世界に入りこんでしまうようで、絵本タワーの整理中に、いきなり横で子どもが泣き出したこともある。

砂家は彼女を見上げたまま、口許《くちもと》にゆっくりと笑みを刻んだ。

ところが相手は、さらに驚いたように、手にした本を取り落とした。

失礼な女だと思いながら、さっと立ち上がり、平台に落ちたその本を取り上げる。

「だいじょうぶですか？　どうぞ」

「あ、ありがとうございます」

白い頬に、みるみる血の色がのぼってくると、彼女は、今度は夢の中にでもいるかのような、おぼつかない足取りでレジへ向かう。

やれやれ。ふたたび棚に目を凝らした時、

「さすがだな」

聞きおぼえのある声が背中を弾《はじ》いた。

砂家は、勢いよく振り返った。

「己の笑顔に価値があることを、よく知っていればこそ、無駄なく威力を発揮させるというわけだ」

高塚晴登が、モッズコートのポケットに手をつっこんで、にやにやしていた。

砂家は胸に礫《つぶて》を受けたように感じたが、

「――言ってる意味が、よくわかりません」

その弾《たま》は、ぜいぜい仁丹程度のものだと思う。あるいは、思おうとした。

「いやいや。気を悪くされても困るんだけど。褒めたんだよ」

高塚は、あくまで太陽みたいに明るい。

「それはどうも、痛み入ります」

ちっとも褒められた気はしなかったが。

それきり高塚を無視し、作業を――怖い顔にならないよう気をつけながら――続けた。

しかし、背後に感じたなんらかの熱気は去っていかない。無言なのに、高塚は気の質量で圧してくるようだ。

「――なにかお探しですか」

とうとう砂家は根負けし、ふたたび振り返った。

高塚は、さっきとまったく同じ体勢で、同じ場所にいた。

「何時に終わるの？」

と、あからさまにバイト後の誘いをかけてこようとしてくる。

「八時です。でも」

「八時？」

ちらりと腕時計を見て、「あと一時間か」とつぶやいた。

べつに待つのが嫌なら、帰ればいいのだ。砂家はいよいよ熱をこめて、順序の入れ替わった棚の本を元に戻す。そうして、自分は忙しいということと、誘いには乗らないという二つの意思を伝えた。

そのつもりだったが、

「じゃあ、その頃にまた、ここで」

どうやって時間を潰《つぶ》すというのだろう、明朗な調子で言い、あまつさえ肩をぽんと叩《たた》いて去ったりするものだから、砂家はあっけにとられて拒否する暇もない。

「なんて自分勝手なんだ」

みるみる小さくなっていく背中を眺めながらつぶやいたが、それは、知らずのうちに敗北を認めたに等しいことだとは、まだ気づかない。


宣言した通り、高塚は約一時間後、ふたたび店に現れた。

約、というのは、まだ八時にはなっていなかったからだ。ショッピングモール内に、終業

中学・英語

時刻を知らせる音楽とアナウンスが流れている中、砂家は最後の棚整理をしていた。

高塚の姿には、もちろん気づいていたが、あえて知らん顔をする。だんだん近づいてくる。二人の間の空気が、それに合わせるかのように息苦しく濃密なものになっていく。どうして苦しいなどと思うのかは、わからない。

ただ、いらだって、

「だから、なんですか」

そう言いながら、高塚を見た。

「ん？　なんか、面白い本あるかなと思って」

「……」

内心、芝居の原作になりそうなものを探しているのだろうか、とも思った。それなら、本屋じたいに用があるのだと納得できる。

だが、相手ははっきりと砂家に「惚れた」と言い切った男だ。いまさら、真意を問うほうが、かえって自意識過剰を表すようで気がさす。だから、なにも質《ただ》せない。

「おススメとか、ある？」

洋服屋でもあるまいに、そう言えば「お似合いですよ」と魔法のように面白い一冊が出てくるとでも思っているのか。

意地悪な気分になって、砂家は、

「じゃあ、これなんかどうですか」

と、平台のハードカバーを手に取った。

「ほほう……ってか、『上』？」

「中と下も、もう出てますよ」

重厚な、大河歴史小説である。

「って、一七〇〇円、かける三！」

おススメを訊いてきたくせに、本をひっくり返して値段に遺憾そうな声を上げる。だったら、訊くなと思いつつ、あんがいこの男、暮らし向きはよくないのだろうかと考えた。実家には、たしかに売るほどの富があるのだろうが、それは高塚の持ち物ではない、という現実。

「いいですよ、無理して買わなくても」

その考えがよぎって、自然と優しい口調になっていた。

「どうせ文庫落ちするし」

「そうか。じゃ、この作家の、他の文庫でも——」

「もう、レジ閉めたんで、買うなら明日以降にしてくれませんか」

高塚はまじまじと砂家を見つめ、「先にそれを言え」とつぶやいた。

だが、どのみち高塚は本を買いにきたのではなかった。

「じゃ、そこらで飯でも」

有無を言わさぬ調子で言い、天井を指す。この店は、地下一階にあるから、一階に入った飲食店のどこか、という意味なのだろうか。レストラン街は、十一時まで営業している。

有無を言わさぬ響きではあったが、それに乗ったものかは、砂家には判断つかない。べつだん、高塚とさし向かいで飯を食わなければならない理由はない——というか、外食など、よっぽど断わりきれない場合以外、したくない。無駄遣いは、砂家にとって最大の悪徳だった。

しかし、それでは高塚の一時間が無駄になってしまう。砂家はそこまでのエゴイストではなかった。

かといって、いたずらに借りを作るのも嫌だ。

「割り勘ですか？」

そこで、そう訊ねた。

「もちろん」

意外な返答だった。野心をもって砂家を誘う者は、男女、年齢の高低を問わず「おごるからさ」と、砂家の懐は痛めない意思を先回りして示すのである。下心などないとはいえ、川端だって、そうだ。

むろん、ただの友人に毎回おごられてはいられないから、半々といったところだ。

それを、この男は当然とばかりに割り勘で、と言ってくる。

つまり、スケベ心はないということか……でも、惚れたって言ったけど……砂家の胸中に、経験したことのない乱れが発生する。それは、相手がなにを考えているのかわからない、という事実への不安である。

そんな自分は、許せない。たいがいのことを見抜いてきた砂家にとって、心の裡《うち》が読めない人物の登場は、受け入れ難いものだった。

「でも俺、自転車ですし」

口実を探したが、

「べつに余裕じゃん。いざとなれば、押して行けるだろ？　駅から何分？」

高塚は、あくまで明るく「ノー・プロブレム」と返してくる。

「……三十分です」

「いけるいける」

「はあ」

「上に、よさげな店があるんだ」

割り勘を確認したところで、受諾のしるしと受け取ったらしく、高塚はにんまりと笑う。

そういえば、どうして高塚はここにいるのだろう。砂家にとっては第二のホームタウンだが、高塚もそうだとは聞いたことがない。それに、ここでアルバイトしていることなど、喋《しゃべ》ったおぼえもないのだが。

その疑問は、連れていかれた居酒屋で、向かいあって坐った後に本人により解かれた。

「コーちゃんがバイトしてる店って、女の子たちは一度は来てるみたいだよ？　それに、金曜は塾講師のバイトも休みだからって」

聞いてみれば、そんな単純な仕組みだった。

つまり、砂家を気に入った高塚は、久方ぶりに大学に行く気になり、足を踏み入れた語学クラスで要領よく情報提供者を確保した、ということだ。

その無駄のない動き。もしかすると、この人からいろいろと盗めるかもしれない。砂家の心に、新しい期待感が訪れた。盗む巻物は、合理的な人生の渡り方、その一点。

砂家は、なにより「無駄」が嫌いだった。

「ちなみに、所属サークルは『チャリンコ同好会』。だけど、ほとんど活動には参加してないと」

「そうですか」

ルートを明かされれば、なにも謎《なぞ》などなくなる。たしかに、彼女らは「バイト中の砂家くん」を見学するためだけに、わざわざ地元でもない場所に足を運んでいた。それは、いまだに行われている。よけいな電車賃のことなど、眼中にないのだろう。砂家にとっては、憎むべき悪徳である。

サークルの件のほうは、正確な情報ではなかったが、あえて訂正する必要性も感じないから黙っていた。

「ほんと、コーちゃんたら、あらゆる女子のハートを摑んじゃってるんだなあ——」

「ひとを、スケコマシみたいに言わないでください」

お通しに出た、がんもどきの煮汁で汚れた唇をおしぼりで拭《ぬぐ》い、砂家は苦情を訴える。それではまるで、自分から宣伝などして、彼女らの足をバイト先に向けさせたみたいではないか。

「そんなこと言ってないし」

高塚は、苦笑した。

「もちろん、コーちゃんが女心を弄《もてあそ》んでるなんて思わないよ？　……だけど」

そう言い、突然テーブルに肘《ひじ》をつく。ぐんと身を乗り出してくる。

「——だけど？」

当然、砂家は逆に身を引くことになる——ニュートラルなポジションのままでは、顔と顔がくっつきそうだから。

顔と顔。キス。

甦った記憶に、体温が上昇したように感じる。不意打ちで盗まれただけとはいえ、このふっくらした唇の感触を、自分は知っている——そのことに、突然の羞恥をおぼえた。

恥ずかしい？　こっちには、逃げる隙もなかったのに。

事故だ。そう思っている。勝手にキスしてくるような奴は、これまでにも何人もいた。

「誰にも関心なさそうにふるまうのって、逆から言うと誰にでもチャンスがあると思わせてるってことだよね？」

「——意味がよくわからないんですが」

「それ、さっきも聞いたから」

高塚は笑い、

「っていうことは、意味もわからず、そうふるまってる？」

逆に問うてくる。

「それって悪魔の所業じゃないか。コーちゃんたら、かわいい顔してまあ」

「俺の、どこが悪魔ですか。所業だなんて……」

砂家にとっては、言いがかりもいいところだ。自分はなにも、非難されるようなことはやっていない。現に、「つきあってください」というお願いは、丁寧にお断わりしている。思わせぶりなふるまいなど——それが「悪魔の所業」であるのなら——いっさい、していない。

「うーん……」

すると高塚は腕組みなどし、小首を傾げて、わざとらしい沈思黙考のポーズをとった……少なくとも、砂家の目にはそう映った。

「ま、価値観の相違だよ。俺はそう思うけど、コーちゃんは違うっていうなら、この件はここで打ち切り」

そしてまた、核心部分には触れない、あいまいな逃げをうつ。

ということは、高塚だって砂家のことを「悪魔」と決めつける、大きな決め手など持っていないというわけだ。

なんだ、もったいぶって適当なことを言ったってだけか。

ほっとして、砂家は、

「高塚さんて、なんだか無礼ですよね」

反撃に出た。

首をすくめ、

「よく言われる」

わかっているくせに、直そうとしないのか？

努力しない奴には、嫌悪を禁じえない。砂家は、相手を睨んだ。

「うわ、かわいい。その、蔑《さげす》みの目、いいなあ」

まったく効果はなかったみたいだった。じゃあ、どうすればいいんだ？　一瞬頭の中がパニックになりかかったが、べつにこれは果たし合いでもなんでもないことを思い出し、平常心を取り戻す。

「蔑んでるつもりもないんですけど。まあ、高塚さんがそう思うっていうんなら、それを止める権利は俺にはないですね」

さっきの高塚を、そっくり踏襲した。

「あは。嫌味も年季が入ってる――それって」

高塚は呵々大笑《かかたいしょう》し、その後、ふいに眉をひそめてくる。

「美しく生まれすぎたせいで、自然と身についた自己防衛手段？」

「――は？」

「ん、違うなら、それでいいんだ」

どうも、よくわからない。

美しいとか美しくないとか、それがそんなに重要なことだろうか。

それは、たいていの場合たまたま偶然に持ち合わせるものなのであって、つまり個々の努力ではどうにもならないことだ。

偶然の作用にすぎないことを称賛されたって、嬉《うれ》しくもなんともない。遺伝子が決定したことに、異論を唱えたところで無意味である。

「高塚さんは、アルバイトとかはされてないんですか」

ほっけの開きをむしりながら、砂家は訊ねた。劇団の活動の合間、気まぐれに登校してみたり、そしてなんの前ぶれもなく、ふらりと自分のアルバイト先に現れる。

どう考えても、時間がありあまっているとしか思えない。

「ん。やってるよ」

高塚は、砂家の反対側からほっけをつついている。

「警備員かなにかですか？」

昼間が暇だとすると、その辺りしか思い浮かばない。

「いや。いろいろ」

「いろいろ？」

「絵画モデルやったり、ステカン設置とか、夜間工事とか……まあ、不定期の仕事をいくつか。食える程度に」

意外だった。実家の富に頼らず、一人立ち。享楽《きょうらく》的な性格が見え隠れする男だと思っていたが、堅実な面もあるらしい。砂家の頭の中で、高徳会病院の威容が、真ん中から折れた。

「やはり、劇団の稽古や公演があるから、正規の勤めはできないということでしょうか」

「あと、路上パフォーマンスもね」

「それは、宣伝活動だから芝居の一環なんじゃないんですか」

「うーん。動じない……」

残念そうに笑うから、追加された言葉には、他の意味があるらしいとわかる。

「もしかすると、嫌味だったんですか？」

思いついて言うと、

「嫌味だったんですかって、そんな冷静に問われてもなあ……きみには、動揺したり取り乱したりする瞬間は、あるのか。そう、タンパくん関係以外で」

逆に訊いてきた。

「普通にありますよ」

タンパくんの件だが、目がぎらついていると指摘されたのは、苦い思い出なのでつぶしておく。

「なに？」

「自分の弱点を、見ず知らずの相手に教えるのは、愚かしい行為だと思います」

「見ず知らず？　見てるし、知ってるじゃないか」

高塚は、心外そうに口を尖《とが》らせた。

「でも、会うのは三回目ですよ」

「三回会えば、もう友だちだろう」

「友だち……」

「っていうか、四回目だし」

指を四本、立ててみせた。

「大学で二回、今日、そしてパフォーマンスの時」

「はあ。忘れてました」

数え忘れていたのは、まさにその街頭パフォーマンスの一件だったので、砂家は素直に誤りを認めた。

「いちばんインパクトあったと思うけどなあ。俺が記念すべき一目惚れをした瞬間なのに」

高塚は残念がる。

「……」

その記憶が甦ると、やはり自分のしたことは大人《おとな》げなかったなと反省する。高塚も、そのことを考えているのだろうか。

「不覚をとった」

やがて、しみじみとした調子で言ったので、やや驚いた。砂家への不満を胸に渦巻かせてみるものとばかり思っていたのだ。

「ポリメラーゼ連鎖反応法って、あれだよね、クローニングせずにDNAを増やす方法。ケアリー・マリス博士が、一九八五年に開発した画期的なやつ」

「高塚さんも、ヒトゲノムの研究を志望されてたんですか？」

「っていうか、俺もきみと同じ、応用生物学科の学生なんだけど。いちおう」

「あっ。どうもすみません」

急いで謝った。顔を上げると、高塚はきらきら光る目をこちらに向けている。

「かわいい……」

感に堪えぬといったつぶやき。

「美形で秀才だから、もっと意地っぱりというか、ひねこびた奴かと思ったのに。素直でかわいい。かわいいは正義」

独善的な見解だとは思うが、貶《けな》されているのではないから、抗議はできなかった。

たとえ、箸《はし》を握ったまま卓上に肘をついた高塚が、眸《ひとみ》をきらめかせながらうっとりと自分を見つめているとしてもだ。

「ま、そうは言ってもまともに通ったのは一年までだから。コアな課目はほぼ、履修してないんだけどね」

その後、ごくあっさりと言う。

「お芝居にハマったからですね」

そう言った時、カフェテリアで川端の先輩から聞いたことが脳裏に浮かんだ。つまり、好きな相手を追いかけて劇団に入り、それがだめになったにもかかわらず、ますますのめりこんで学校にこなくなった、というあの話だ。

「……」

「なに、どうしたの」

なんとなくうつむいてしまった。高塚のような男でも、失恋するんだと考えると気持ちが暗澹《あんたん》とする。

いや、だめになったからこそ、かえってのめりこむことになったのだろうか——いずれにせよ相手は、さっさと退学して結婚したわけだ。

「芝居ってかまあ、シナリオ書きに、だけどね」

「え。高塚さんは演じる側じゃないんですか」

「基本的には違う。たまに、舞台に立つこともあるけどね」

よく、そんな程度で即興劇のパフォーマンスなどできたものだ。

「興味あるんなら、次の公演観にくる？　いや、ぜひ観にきてほしい」

「友人やご近所同士で誘い合わせて、ですか」

「そんな。ひとをマルチ商法業者みたいに」

「いや、お客は多いほうがいいかと思って」

「いい子だなあ——いや、いい奴だ、コーちゃん。思ったのと違う。ますます惚れた」

不意打ちだったが、次第に砂家は高塚のこんな物言いに馴れてきていて、心臓はぴくりとも動かなかった。これは、喜ばしい進歩である。

「そんなことより、どうして学校にこないんですか」

さりげなく伸びてきた指が、自分の手の甲に重ねられようとしたのをするりと躱《かわ》し、砂家は真面目に問うてみた。

「うん？　暇がないから」

「あるじゃないですか。今、ここに」

「それはきみ、人間には休息も必要だってことで」

「じゃあ、今日はじゅうぶん休んだんだから、明日は学校にこられますよね？」

高塚は、聞き馴れない外国語でも耳にしたかのような、しらじらととぼけた表情で宙を眺めたようだった。

「明日は、あいにくバイトだ」

「モデルですか、ステカンですか。それとも夜間……夜間の仕事なら、昼間は時間ありますよね」

「ちょ、ちょっと待ってくれよ」

情けない顔つきで、高塚は砂家を遮る。

「そんなぐいぐい責められると……あれだな、コーちゃん意外と、女王様タイプ？」

「男なので、女王タイプということはないと思います」

砂家は、おしぼりで口を拭った。ついでに、ポテトフライの油で汚れた指も拭《ふ》く。

「そんなのわかってるって。女王様っていうのは、つまり――」

「なんですか」

「……ま、いいや」

急に放り出すのなら、もともと説明しようという姿勢を示さないほうがいい。ステカン、とともに、砂家は女王様のほうも「調べておくこと」として、頭の中の項目に加えた。

それにしても、気ままな男だ。というか、マイペース。己の都合で会話を進めていく手法は、ヒナたちのグループと同じ——つまり、それこそが英慶育ち、という人種なのかもしれない。

そう思いつくと、自分と彼らの間には、乗り越えることのできない高く透明な壁が存在していると感じた。

それを残念だと思っている自分に、内心驚きもする。相容《い》れないものは、無理に容れなくてよい。

合理的な考え方のはずだったし、ヒナたちのことはそれで片付きもしたというのに、どうして今になって残念などという気持ちが出てくるのか。

砂家は、謎はすっきり解かれなければ満足しないたちである。つまり、この自問にも解が必要だ。

なのに、どうしてだか高塚の問題は、つきつめたくなかった。高塚本人というよりは、そこに向かう自分の心の問題だと思った。それがどんな内容なのか知ったら、いっそう複雑な心が生まれそうだった。そういうのは、嫌なのだ。

3

土曜日の一コマ目は、必修科目の化学IIである。

階段教室の中ほどに席を決め、砂家はバインダーと教科書を取り出した。昨日、芯を補充しておいたから万全のはずなのだが、シャープペンシルをカチカチとノックして、芯が出るのを確認せずにはいられない。

「おっはよー、コーちゃん」

そこへ、内進生グループを引き連れた川端が現れた。必修科目のため、他学科の学生も同じ講義を受ける。

川端以外のメンバーは、砂家に冷ややかな視線を向けた。それきり、無視を決めこむ。いつものことなので、砂家は気にしない。

英慶というコミュニティーには不思議なヒエラルキーが存在していて、「下から英慶」が上位にくるのは当然だが、その「下」が、どこからなのか、ということが最重要問題となる。

つまり、高校受験組よりは中学入試で英慶メイツになった者のほうが格上とされ、それよりは初等科からの持ち上がりのほうがもっと上になる。これが内進生と呼ばれるグループであり、ピラミッドの頂点となる。同じエスカレーター組ではあるが、この三層はきれいに分かれて群れをなしており、必要以上の交流を互いに拒否しているようだった。

地方出身、大学受験で英慶に入学した砂家などは、言うまでもなく最下層に属する者である。だから、ほんらいなら内進組とは口もきかない関係のはずが、なぜか川端に気に入られたことにより、まず女子を懐柔することとなる——懐柔した気なんか、砂家のほうには一切ないのだが。

簡単に言うと、砂家の外見に惹かれた内進組女子が、川端を介して近づいてきた、ということである。

これについて、砂家は面白いとは思わない。特に、ランチタイムのお誘いは、もういいかげんやめてほしい——昼休憩ともなれば、車通学している連中が、それぞれ自慢の車に女子学生を乗せ、有名店やホテルのレストランなどに繰り出す光景が、毎日見られる。

同行を許されるのは、選りすぐりのメンバーだ。驚くべきことに、内進組の中にも階級が存在するらしい。高級車に乗り、ファミリーカードで上限なしの買い物をできる者だけが、その車にルックスのいい女子をお迎えする資格を有する。

例外は、ヒエラルキーの下位に所属する学生が、そんな最上位の連中のおめがねにかなった場合のみである。そして、砂家は入学以来、おめがねにかないっぱなしなのだった。

もちろんそれは、女子か、特殊な性指向の同性に限られる。

しかもどうやら、気に入られる理由は、やはり外見。だから、選ばれし者たちのランチに招かれて、しかし砂家はちっとも光栄だとも、楽しいとも思えなかった。花のような女子学生がちやほやしてくるのはいいとして、それは、同行しているピラミッドの頂点どもの反感を、同時に買うことである。意地悪をしたとか借りた金を返さなかったとかいうのでもないのに、どうして一方的な敵意のシャワーを浴びなければならないのだ。

そんなわけで、川端の連れは砂家に対し好意的でない態度を示し、砂家は精神統一で悪意を払った。

川端だけが階段を下りてきて、当然のごとく砂家の隣に腰を下ろす。あとの連中は、彼らの指定席であるところの最後列に行ったらしかった。連中はいつも、そこでごそごそ講義と関係のないことをやっている。どうでもいいが、そのせいでテストが悲惨な結果になり、進級できなかったりしたらどうする気なのだろう。

そう思った時、まるで係り結びみたいにぽわっと、高塚晴登の顔が脳内のスクリーンに浮かび上がった。砂家は動揺する。

「どうしたの、コーちゃん」

「いや……べつに」

あいまいな物言いは、砂家の嫌うところではあったが、真実をそのまま語るのもはばかられる。そうこうするうちに面影は去ったし、砂家にはさらなる試練が訪れる。ヒナたちが、教室に現れたのだ。

後方で、なにか押し問答のような動きがあり、やがて軽やかなヒールの音が迫ってくる。

「おはよう、砂家くん。今日も美しい……」

もう、恥じらいもなにもなくなってしまった、称賛の声を挨拶《あいさつ》代わりに聞く。

「どうも」

「そっけないわねえ。ま、美しい人には、必要以上に愛嬌《あいきょう》なんか振りまいてほしくもないけれど」

まったく傷つけられたふうもなく、ヒナが逆側から近づいてきた。揉《も》めたのは、要するに連中はヒナを自分たちのほうに入れたかったかららしい。どうでもいいが。

だしぬけに、砂家の空いたほうの隣……つまり、左側に、なにかが飛んでくる。

はっとして、身をかがめた後、いくらなんでも狙撃されるようなことはないだろう、この法治国家において、という理性が戻ってくる。

落ちついて眺めると、机の上に着地したのは、使い古された化学の教科書だった。

「リザーブしたぞ!」

無駄に通る声が、堂々と宣言する。

「あら、高塚さん」

気のせいではないどよめきが、背後で起こった。

「どうなさったんですか？　最近は勤勉なんですね」

「そりゃあ、かわいいコーちゃんの顔を、ちょっとでも長く拝みたいからね」

「……でしょうね」

ヒナは、しらけ顔になる。どうやら、知っていてあてこすったようだ。考えてみれば、高塚を砂家に引き合わせたのは彼女本人なのだから、高塚が砂家のことを「気に入っている」事実を、真っ先に知ったはずだった。

「がっちりキープしとかないと、どんな女狐《めぎつね》に横取りされるかわかったもんじゃないし」

よけいな一言に、ヒナはキッと柳眉《りゅうび》を逆立て、おもむろに階段をまた上がっていった。

最後列に合流することに、急に決めたらしい。

「あーあ。女王様はおむずかりのご様子」

川端が、のんびり肩をすくめた。

その語で、思い出した。

「高塚さん。ステカンってなんのことだかわかりました」

「なにを言い出すかと思ったら、そんなことかよ」

「重要なことです。新しい知識が増えました」

「あれ？　感謝されてるの、俺」

「はい」

高塚は不満と喜び半々の、なんとも複雑そうな表情になった。

「ステカンって、電柱とかに括ってある、テレクラとかの違法広告のことですよね」

「川端、知ってるの」

砂家はやや驚いた。

「夜、よく見かけるぞ。あれって、業者同士で縄張りとか決まってるんですか？」

「ほんと、よく知ってるなあ」

高塚も、川端の知識に驚いた様子をみせる。砂家はなんとなく、憮然とした。自分がそれを知らなかったのは、そういう仕事をしたことがないからだと言い聞かせていたが、同様に、そんな経験などないであろう川端は、知っている。

「俺、見たことあるんすよ。前の奴がとりつけてったステカンを、後から現れた別の業者が外して、ちゃっかり付け替えてるところ」

「うわあ。それは掟《おきて》破りもいいところだ」

「っていうか、もともといろいろと破ってると思うんすけど……」

しかもなんだか、話がはずんでいる。それが面白くないのだと気づき、砂家は動揺した。なんだろう。正体不明の胸騒ぎ。他人がなんの話題で盛り上がっていようが、どうでもいいではないか。とはいえ、不整脈でも起こしたみたいに苦しい。

——観自在菩薩。行深般若波羅蜜多時。

心の中で唱えはじめる。こういう時は、般若心経で心を落ちつかせるに限る。

だが、「色不異空。空不異色」まで来た時、左から、

「今日は、何コマまであるの？」

まったく俗世的な質問が飛んできた。

「――次の社会思想史までです」

「あ、じゃあ昼はフリー？　バイトまで時間あるよね。いっしょに飯食おうぜ」

「いえ、そういうのは……」

「なんだよ、いいだろう飯ぐらい」

いかにも理不尽な扱いを自分がしたみたいな不服げな面持ちに、押しきられそうだ。砂家は視線を外した。色即是空。空即是色。受想行識――。

「いい店知ってるんだ。お好み焼きは好き？　好きだよね、男の子だもん」

……この男は、なんなんだろう。どうしてこんなに押してくるのだろう。

いや、「一目惚れ」して「気に入って」、「俺を彼氏にしたくない？」と言っている。だから、ぐいぐい来る。

それはまあいいとして、一貫して自分はお断わりしているのに、高塚には伝わっていないのだろうか。もっと強く拒否したほうがいいのか。

だが、とあらたな考えが降りてきた。そう言いながら、このあいだも結局、誘いに乗った

わけだ。蟻のようにたかられるのは、子どもの頃から砂家の日常だった。でも、こんなふうにやすやすと応じたことなんてなかった。彼らと高塚は、どう違う？

ぐちゃぐちゃと考えをめぐらしていたせいで、なぜだか川端もまじえ、高塚の推薦するお好み焼き屋に行くことに決定したようだ。

わからない。そんなでたらめな経緯で決まった予定を、はねつけもしない自分の気持ち。迷惑なのか、そうでもないのかわからない。高塚は泥のついた靴で、ずかずかと砂家の、自分でも知らない奥のほうの域に踏みこんでくるようだ。


「――え」

もんじゃ焼きを乗せた、小さなコテをまた下に置き、砂家は高塚を見つめた。

「タンパくんに、会えるんですか？」

「そう。明後日《あさって》、汐留でイベントをやるんだ」

高塚も、真顔でうなずいた。

「イベント……」

砂家の脳内スクリーンに、高校生の時にテレビで見た光景が浮かび上がってくる。等身大のタンパくんを、はじめて垣間見た、ニュース番組。

膝《ひざ》を抱えて、「本物」のタンパくんを凝視したあの日。タンパくんはいきいきと動き、訪れた客たちに愛嬌を振りまいていた。

生きているうちに、肉眼で見ることは、自分にはできないだろうと思っていた。たとえ、東京に進学しても。実際、あれ以来、農水省のイベントは行われていない。

それが、この日曜に復活するのだという——。

「ああ、最近ゆるキャラブームですもんね」

川端があいづちをうつ。砂家の手は止まったままだ。

「そうそう。それに乗じて、封印してた失敗キャラを出そうって、いかにもお役所が考えそうなことだ」

「税金で作ってんですから、あんなキャラでも着ぐるみを死蔵しないって姿勢は、評価できます！　……あ、なんか今、コーちゃんっぽかった？　俺」

「——違う」

にこにこと覗きこんでくる、友人の目に向かい、砂家はつぶやいた。

「違う、って？」

不思議そうな顔に、

「ブームとか関係ないし、封印とか死蔵とか、なんの話？」

砂家はたたみかけた。

「それに、着ぐるみ、って。タンパくんは、そんな、変身ヒーローもののショーに出てくる偽物とは違う！」

「え。なにをおっしゃってるんですか、この美人さんは……」

その勢いか、目の色が変わっていたせいなのか、川端はとたんに及び腰になる。

「つまり、タンパくんは本物だ、みたいな？」

と、高塚。

「そのまんまじゃないすか！　わかりませんよ」

「だから。着ぐるみじゃなくて、実在のキャラってことなんだろう。コーちゃんにとって」

「ちが……」

自分の一人勝手な思い込みなんかじゃない、と言いたかったのだが、

「実在とか言って、そんなことマジで考えるわけないでしょ。二十歳すぎて、中の人を否定するとか、ありえないし」

川端は、へらへらと応じる。

「中の人って、なんだよ」

その軽薄な顔につっこんだ。川端は「え」と言ったきり、静まる。

「そう、中の人なんかいないよね。タンパくんは、存在する！」

「……って、なんか、高塚さんまでおかしくなった的な……」

川端は、狼狽をはっきりと示した。

「いいんだよ、それで。俺にはわかるな、コーちゃんの純粋な気持ち」

微笑みかけられても、なんか馬鹿にされている気がする……。

わからない。二人がなにを言っているのだか。「お好み焼き好きだよね？」と連れてこられた店で、結局もんじゃ焼きを食っている状況と同じくらい、よくわからない。

だが、

「そんなタンパくんに会えるんだから、くるよね？　イベント」

と、お好み関係とまったく同じ調子で問われ、

「もちろん！」

としか答えられなかったのは、事実だ。

「じゃ、そういうことでケーバン教えて」

高塚は、いそいそとワークパンツのポケットから携帯電話を取り出した。

なにが「そういうことで」なのかは知らないが、ケーバンが「携帯電話の番号」であることは、知っている。

「携帯電話は、持ってません」

「へっ!?」

高塚は目を丸くした。

「って、いまどき！」

二度もビックリマークつきで言われても。記号の無駄遣いだ。それとは関係なく、砂家はムッとした。携帯電話を持つのは、いまどきの学生にとって義務なのか？　そんな取りきめは、憲法上にもない。

「あ、ごめん」

表情に出ていたのか、高塚はすぐに謝った。砂家の横で川端が、

「それはNGワードっすよ、高塚さん」

とフォローする。

「そんなのは、先に言ってくれよ……」

高塚が、砂家の機嫌を損ねたことをしまったと思っているのはあきらかだった。

潔く非を認める人間は、評価に値する。それに、内心の不満を顔に表してしまった自分も不徳だったと思う。砂家は表情を引き締め、自宅の固定電話の番号を高塚に教えた。

タンスの上に、ちょこんと坐ったタンパくんのぬいぐるみをそっと下ろし、砂家はいつものように夕飯の用意ができたテーブルに移動させた。

箸をとる。今日は、芋の煮っころがしに、アジの開きを焼いた。

「今度、本物のタンパくんに会いにいけることになったんだ」

うきうきとして、目の前のタンパくんに話しかける。

タンパくんは、糸のような目で笑っているが、それを聞いた時、少し哀《かな》しそうにした――ように見えた。

「いや、べつに本物に会ったからって、きみとの友情が消えるわけじゃない」

急いで言い添える。

「三年間、ずっと一緒だったもんな。そんな簡単に、心変わりしたりしないよ。だいたい、イベントに誘ってきたのは、あの……」

安心させる言葉を選び、砂家はふと宙に視線をさまよわせた。

脳裏に、高塚の顔が浮かんでいる。

自分に惚れた、つきあえ、彼氏にしろといきなり迫り、どさくさまぎれにキスを奪った。

その後も、砂家への好意を隠しもせずにつきまとってくる。

そんなのには馴れている。そして、疎ましい。だのになぜか、高塚には好きなようにつきまとわせている。

自分はいったい、あの男をどう思っているのだろう。

もちろん、高塚の言うような意味で彼とつきあう気はない。でも、これまでたびたびそうだったように、けんもほろろにあしらうこともしない。

「嫌いじゃないんだ、べつに」

タンパくんは、にこにこしている。高塚と仲良くすることを、賛成してくれているのだろうか。

「でも、彼氏になんかできるわけない」

どんな条件の男だろうと、彼氏は要らない。それは、高塚本人にもきっぱり告げた通りである。

それでも寄ってくるのなら、それは高塚が好きでやっていることなのだ。自分のスタンスは、変わらない。

「……」

箸を咥《くわ》えたまま、砂家は頭を捻《ひね》った。

『ほんとに変わらない？』と、そんな声が聞こえた気がした。誰の声だったのだろう。


日曜日は、あいにく雨だった。

ほんらいなら書店のバイトに早番で入るはずだったが、タンパくんのイベントとあっては、ズル休みするしかない。

しかし、気のいいバイト仲間が代わると申し出てくれたため、午前中はイベント、五時からはバイトという運びになる。その代わり、水曜の遅番に砂家が入る。無駄は出ない。申し分ない。

兄の彼女が見立てたというセーターに、はじめて袖《そで》を通し、ちくちくするその感触さえ楽しみながら、砂家はひさしぶりに鏡を見た。タンパくんとはじめて対面するのだ。みっともない姿は晒《さら》せない。

うん。髪の毛もはねてないし、セーターもパンツも新しいし、万事オッケーだ。

満足し、砂家は二秒で鏡の前から退《ど》いた。そうは言っても、二十年間つきあってきた外見に、いまさら確認するべきことは少ない。

ビニール傘をさして、アパートの階段を降りる。汐留に向かう電車の中で、しだいにイベント気分が盛り上がってきた。砂家は、ざわめく胸を抑えるのに時間を費やす。タンパくんに会える！　そのフレーズだけで、たやすく度を失ってしまいそうだ。

民放のテレビ局前広場が、イベントの舞台だった。

悪天候ながら、川端と連れだって砂家がイベントスペースに到着した頃には、そこそこギャラリーが集まっている。

一昨日、お好み焼き屋で、タンパくんがブームだとか川端が言っていたが、それは真実だったみたいだ。素早く視線を動かし、タンパくんの登場する場所とグッズ売り場を特定する。

なんだか、血が騒ぎはじめた。

「しかし、さすがに家族連れが多いよな……」

川端のつぶやきも、たいして耳に入らない。子どものぐずる声が聞こえてくる、と認識した時、派手な音楽が鳴って、「みんな、タンパくんがきたよー！」と女のアニメ声が響き渡った。

砂家はステージに目を凝らした。

ぱあっと、心が輝いたような気がした。本物のタンパくん！　六角形の顔と、糸みたいに細い目と口、白衣の袖から出た、茶色い手足。

砂家たちは、後ろのほうにいた。まさか、子どもを押しのけて前に行くわけにはいかない……だが、よくよく眺めると、客の多くは成人していると見える男女だった。ゆるキャラブームとかで、ほんらいのターゲットではない層もこのイベントに駆けつけたのだろうか。

しかし、同年代だからといって、やはり掻《か》き分けていくのはためらわれた。それは、理性を失った人間のすることである。

砂家は大急ぎでバッグから使い捨てカメラを取り出し、コミカルな動きで愛嬌をふりまくタンパくんを撮って撮って、撮りまくった。念のため、三六枚撮りのを選んだが、たちまち残り十枚の表示が出てしまう。

イベントは、この日のために作られたという「たんぱく質を摂ろう」という唄でしめくくられた。

「たん、たん、たんぱく質を摂ると
　頭、頭、頭がよくなるんだよー」

　いつかどこかで聞いたような、そして著作権という語が脳裏を流れていくような歌詞だったが、子どもたちは無邪気に唱和している。どこでこの曲を知ったのだろう。大半を占める、分別のある客は半笑いで踊るお姉さんとタンパくん、それに牛と魚のキャラクターたちを見つめている。それらもやはり、三年前のイベントではなかったものだ。砂家はうさんくさい気持ちで、新入りたちを一瞥《いちべつ》し、その一瞬、気を逸《そ》らしてしまったことを後悔しながらタンパくんを撮影した。

「うーん。まあ、たまにはこういうのもいいか」

　川端が感想を述べた。今まで、タンパくんたちと一緒に踊っていたのだ。単純な振りつけだから、すぐ覚えられると川端は言う。しかし、砂家には無理だった。やはり、渋谷生まれ文京区育ちの大都会の男は違うものだと思った。

「よし、いこうぜ」

　うながされ、砂家は「は？」とまぬけな声を発してしまった。

「って、どこに？」

「控室。高塚さんの労をねぎらうぐらいはいいだろ、ともかく大変そうだったし」

「？」

なにを言っているのか理解できない。どうしてここに、高塚の名が出てくるのだ？　大変だったのはタンパくんと――ちょっとだけ司会役のお姉さんなのでは。

だが、川端は馴れた歩調ですいすい特設ステージの裏手に入っていく。そこはもう、ビルの中だったが、非常口の隣に「本日イベント　関係者控室」という紙の貼られたドアがあった。

なんの迷いもなさそうな動作で、川端はノブを回し、ドアを開ける。

「ちーす。お邪魔しまっすー」

「……おいおい。勝手に立ち入り禁止区域に入ってくんなよ。いちおう、関係者のみ入室許可なんだからさ」

どこからか聞こえてきたのは、高塚その人の声だった。砂家は室内を見回す。大きな机と、乱れた感じのパイプ椅子。壁にかかった、シャツやデニムの普段着。

そして、隅のほうに置かれた椅子でくつろいでいる――。

「タンパくん！」

思わず叫んでいた。あたりをはばかる必要はない。この部屋には今、タンパくんと川端の他には、自分しかいない。

タンパくんは立ち上がって、大きく両手を広げた。

コミカルなしぐさながら、すべてを許し、受け容れるポーズだと思った。砂家は躊躇《ちゅうちょ》なく、その腕の中に飛びこんでいく。

「タンパくん！　会いたかった……」

想像通り、もふもふとした腕が、そっと優しく砂家を抱きしめる……いや待て、ちょっとなれなれしすぎないか？

そう思った時には、しかし、砂家はタンパくんに丸ごと抱きしめられている。一回り大きな身体が砂家をがっちりと抱え、その抱擁《ほうよう》は少し、力が入りすぎだった。

白衣に包まれた、もふもふの毛は、もうちょっとふんわりと自分を包みこむんじゃないのか……？　だが実際、その胸板はがっしりとしており、想像していたのとは違う。

そう思い、疑念がよぎった。その時、タンパくんが砂家の耳に顔を寄せてきた。

「いつもこのくらい積極的だったら、俺も苦労しないいんだけどなあ、コーちゃん」

コーちゃん？

どうして、初対面のタンパくんが、名前を知っているのだろう。

それに、この声。たしかに聞きおぼえがあるし、さっきもそう思った……。

はっとして、砂家は面を上げた。

タンパくんは笑っている。いや、これまでだって、いつでも砂家が見る時には笑っていたのだが、その笑みはなぜか、今日に限って邪悪なものに見えた。

急いで離れようとしたのに、タンパくんは力持ちだ。その腕の中で、砂家はみじろぎする

ぐらいしか自由がきかない。

なんか違う。

頭を捩《よ》じり、川端を見た。

「やれやれ」

こんな状態なのに、のんきに肩をすぼめている。

「コーちゃんが自分から飛びこんできて、嬉しいのも舞い上がる気持ちもわかるっすけど。ちょっと役得が過ぎません？　高塚さん」

は？

高塚？

どうしてここで、高塚？　いや、たしかにさっき、その声がしたけど……混乱し、砂家は自分を抱きしめている相手を見上げる。

「だって、こんなチャンス、めったにないじゃないか」

高塚の声の出所は、タンパくんだった。

砂家は思わず、タンパくんを突き飛ばした。ひっと悲鳴を上げ、タンパくんが股間《こかん》を押さえる。

「そ、そんな。ひどい……」

高塚の声で言い、そのままぴょんぴょんと跳ねまわる。

「コーちゃん。それはちょっと、やりすぎだよ」

川端は、「やれやれ」の形に両手を開いた。

「って。なんでタンパくんが、高塚さんの声を出すの……？」

「そりゃ、中には俺が入ってるからじゃないの」

「――え？」

ふたたび視線をめぐらせると、そこには高塚が立っていた。

いや、その表現は正確ではない……実際には、首から下はタンパくんな高塚晴登がいたのだった。

砂家は目をしばたたかせた。だが、何回まばたきをしたって、そこにいるのは高塚だった。

たとえ、白衣に茶色い、毛むくじゃらの手足を持っているからといったって、顔が高塚なら、それは高塚なんだとしか言えない。

「……なんで」

「まっ、いいじゃありませんか。高塚さん、せっかくだから、その恰好《かっこう》でコーちゃんとツーショット撮っておくのも、いいんじゃないすかあ？」

川端だけが、やたら明るい、
脳の中を掻き回されるようだった。どうして、高塚がタンパくんなのだ。実は、こっそりヒトのふりをして日常生活に紛れこんでいて、その時の姿が高塚そっくりなのかも。ありえない妄想が湧《わ》いてくる。

だが、ほんとうにありえない。何度見ても高塚は、あの高塚に他《ほか》ならなかった。

「いいねえ、それ。撮ろう撮ろう」

軽薄な調子でそれに乗り、ぐいと肩を抱き寄せてくる――タンパくんなら、そんなことはしない。

砂家は、思いきり肘で高塚の脇腹を抉《えぐ》った。

「うっ」

いまだ茶色の毛深い手で、腹を押さえる。まぬけである。

「調子に乗らないでください」

感情をまじえない声で、砂家は言った。

「コーちゃん……あっ、高塚さん、これ、これ。これかぶって!」

川端が、あわてた様子で、タンパくんの頭部を再度、高塚にかぶせる。


砂家は、カタログを手に、家電量販店を歩いていた。

その売り場を発見すると、足を踏み入れる。

「――なんか、いっぱいある……」

色とりどりの携帯電話が、二階の売り場の約半分ほどを占有し、陳列されていた。

とりあえず、川端が持っているのと似たようなのを見つけ、手にとってみる。

このメーカーで出しているデジタルカメラが内蔵されている、というのが売り物らしい、インディゴブルーの携帯。二つ折りではなく、スライドさせて文字盤を出すようだ。その機能のせいで、他のものより厚ぼったい。

「機種変更ですか？」

背後から声をかけられた。振り返ると、量販店のユニフォームの上に、通信会社の名前入り法被を羽織った若い男が立っている。

彼は、砂家を見ると一瞬、驚いたように半歩下がり、それから満面の笑みを向けてきた。

「――きしゅへんこう？」

とは、なんだろう。

砂家は小首を傾げた。販売員は、またもはっとした顔になる。

「今は、どちらの携帯をお使いですか」

「持ってません」

「えっ」

また、「いまどき！」か。砂家は身構えたが、相手はすぐに笑顔に戻り、

「初めてお使いになるなら、こちらのほうがよろしいかと思いますよ」

と、砂家の腕をとって裏側の棚へ誘導しようとする。

つまり、砂家が目を留めた携帯は、彼が着ている法被に名の入った会社の製品ではないのだな、とわかった。

「でも、いいカメラがついてるのが欲しいんです」

砂家は、丁寧に抵抗した。

販売員は、初めて不服を露わにした。

「写メ機能だったら、今はどこも変わらないよ」

急にぞんざいな口をきく。

「それに、こっちは使いにくいしね。ほら、文字ボタンが他のより小さいでしょ」

「そこは使わないと思うから、だいじょうぶです」

砂家がきっぱり断言すると、相手はなにかを畏《おそ》れるような目つきになった。

「写メだけ……だったら、べつに携帯買う必要はないんじゃ……って、待って待って、お待ちください、お客様——」

「まだ、客じゃないです」

相手をふりほどいて、砂家は売り場の外に逃げた。

うっかり販売員の口にした一言に、目を覚まされたような思いだった。なにも、携帯を買うことはない。

――タンパくんのイベントの後、せっかくの記念撮影の際、砂家の使い捨てカメラにはもうフィルムが残っていなかった。

『あ、だいじょうぶ。これで撮れるから』

と、川端が例の携帯を取り出した。

『焼き増ししてもらえる？』

携帯で写真が撮れることは知っているが、それを自分が手にすることができないなら、なんの意味もない記念である。

『普通にプリントできるよ……てか、コーちゃんが携帯持ってたら、即行転送できるのにな
あ』

川端は、残念そうだった。

『それに、今にアナログカメラ持っててもしょうがない時代がくると思うよ？』

高塚の口添えは、まったくよけいなこととしか思えなかったが。現像してくれる店がどんどん消えていることぐらい、砂家だって知っている。しかし、砂家はカメラを街のＤＰＥショップに持ちこむつもりはなかった。大学の写真サークルにいるクラスメイトが、いつでも気軽に現像を引きうけてくれるのである。むろん、無料だ。

携帯を持っている人間の悪い点は、そうでない者をやたらと携帯教に引っ張りこもうとするところである。携帯を持たない不便さを、とくとくと説く。ダジャレではない。そんなの

は時代遅れで、今についていけなくなると言う。しかし、時代についていくことに、それほど意味があるとも思えない。たとえば電車の中。取り憑《つ》かれたような顔で、携帯の画面を睨み、指はおそるべきスピードでボタンを打っている人間をよく見かける。あるいは、学食だったりカフェテリアでも、いっしょにいる相手をお互い無視しつつ、一心に携帯を眺めている男女。

あれでは、せっかくの恋心も冷めるのではないかと、砂家は推測する。そういう人間を、「携帯に支配されし者」と、密《ひそ》かに名付けていた。メールや調べ物ではなく、最近は携帯でゲームもできるらしい。一度足を踏みいれるや、それこそ「支配されて」いるかのようにのめりこむものだと、川端が言っていた。

川端をはじめ、砂家と交流のある友人、先輩などは、そこまで携帯教にハマってはいない。だからこそ、つきあいが続いているのだとも言える。うっかり砂家に携帯を勧めると、機嫌を損ねると、川端が注意して回っている効果もあるかもしれない。川端様様だ。

しかし、高塚の助言も、それはそれで砂家に影響を与えなくもなかったのだ。

携帯に転送してもらえれば、いつだって好きな時にタンパくんとのツーショットを取り出して、眺めることができる。

それは、やっぱり魅力的な話だ。タンパくん……いつも笑っている顔、白衣の下の、ふかふかの身体。

抱きしめられた時の感触が甦り、砂家はおぼえず、にんまりした。

が、次の瞬間、耳元で囁く声も再生される。いつもこのくらい素直なら、とかなんとか。

タンパくんではない。あれは、高塚だった。

混乱してきて、砂家はふるると頭を振る。いやいや、あれは幻覚だ。白昼夢を見ただけだ。悪夢だったが。中に高塚が「入っている」だなんて、そんなの絶対許さない。

量販店の駐車場に停めた自転車を引っ張り出し、のろのろと漕《こ》ぎ出す。夢幻だ、気のせいなんだと、いくら自分に言い聞かせてはみても、それをそのまま信じこむには、砂家はもう年をとりすぎていた。

タンパくんはいる。でも、自分が今いるこの世界にはいない。

そういうことだ。現世に現れる時は、高塚が中に入らないと、動かないし喋らない――いや、喋る必要なんかぜんぜんないし、「タンパくん」の言葉は、本物のタンパくんの意思とは関係なく、高塚が言いたいことを勝手に喋っているだけなのだ。

罰あたりな話である。実際、罰があたってしまえばいいのに。黒い考えが流れこんできて、そういう自分にも嫌気がさした。どちらにしても、受け入れ難い現実に腹を立てたあまり、高塚にちょっとした暴力をふるってしまったことは大人げなかったと思う。

4

写真部の部室を訪れて、現像してもらった写真を受け取る。クラスメイトは不在だったが、話を聞いていたらしい女の先輩が、写真の入った封筒を渡してくれた。

「ありがとうございます」と低頭した砂家《すなが》に、「いいのよ。それより、砂家くん。今度撮らせてもらってもいいかな?」と恩に乗じて承諾させようとしたのは、まったくよけいなことだったが。

それに対し、「考えておきます」とあいまいな返答をした。自分らしくない対応だ。気が進まないことは、きっぱり断わっておかないと、相手にもすまない。

しかし、写真を撮られることの、なにがいけないんだろうとも思った。はじめて、そう思えた。写真には外見しか写らない、つまり自分にはそのぺらぺらな価値しかないと言われているみたいで、撮らせてほしいという申し出を退けてきた。でも、実際自分にはそれ以上の価値があるのだろうか。

そんなことを思いながら、十二号棟の円筒形の建物に向かう。前で川端《かわばた》が待っていた。いつもの連中といっしょではない。

「おー、コーちゃん。こないだの写メ、プリントしたんだぜ」

こちらは裸のまま、三枚の写真を渡された。封筒に入れる、という発想がない川端だが、それが悪いとも思わない。頼んだのは、こちらのほうなのだから。礼を言って、受け取った。

「うわあ……」

たちまち砂家の、どちらかといえば下降線を描いていた気分が上昇する。タンパくんに肩を抱かれた自分が、ちゃんと写っていた。

中身が高塚《こうづか》であれ、見た目はタンパくんに他《ほか》ならない。そうか。写真の功徳に、急に思い当たった。写真に中身は写らない。ただ、自分がそう思いたいという願望を、印画紙に浮かび上がらせてくれるのみ。砂家の写真を撮りたいという連中も、砂家がどういう人間であろうと関係なしに、己の理想をその一枚に閉じこめたいだけなのだろう。被写体の価値とは、もともとそれだけなのだ。

「ありがとう、川端」

「や、そんな。写真ぐらいでそんなうるうる目をされたら、俺も恋しちゃいそうじゃないか」

言葉とはうらはらに、川端は乱暴に砂家の首をホールドし、頭をぐりぐりしてくる。

「うるうる目……？」

砂家にはもちろん、川端を惚れさせたいなどというもくろみはない。うっかり恋されても困る。川端は大切な友人だ。

「てか、実はもう一枚あるんだけど」

川端は、砂家をぐりぐりしたまま見下ろしてきた。

「もう一枚？」

「写真。見る？」

「うん」

なぜ出ししぶっているのだろうと思ったが、その意味はすぐにわかった。

タンパくんの頭部がない状態……というか、高塚の顔が剝《む》き出しになっているニセモノとのツーショットを、いつのまにやら撮られていたらしい。

一瞥《いちべつ》し、すぐに「要らない」と言いかけたが、川端だってこんなものを持っていてもそれこそ無意味なのだと思い当たる。

「いちおう、もらっとく」

受け取って、いちばん下に回す。「中身」が覗《のぞ》いているタンパくんなど、正直ぞっとしないのだが、

「コーちゃんは律儀だなあ」

さらにぐりぐりされてしまった。

「あっ！　バタがコーちゃんを襲ってる！　こら、なにやってんだそんなうらやま、いや狼《ろう》

藉《ぜき》を」

けたたましい声とともに、高塚が前方からダッシュしてきた。

「襲ってませんよ。なんすか高塚さん。まさかフランス語に出る気ですか」

川端は、いきり立った高塚に摑《つか》みかかられる前に、砂家を解放した。

「まさかってなんだよ。きみは知らないかもしれないが、俺だって学生なんだぞ」

「いや知ってるし……」

川端は、威張る高塚にあきれ顔をした。

「なんだったら、うちのクラスでいちばん有名な学生ですよ」

「いや一番は、やっぱりコーちゃん。ん？　なに持ってんの」

「あっ」

砂家は急いで写真を隠そうとしたが、そんな努力が馬鹿《ばか》らしく思えるほどあっさりと、高塚に取り上げられてしまう。

「うーん、いい出来だ。コーちゃんは美しいし、俺もいい男」

顎《あご》を撫《な》でながら、さかんににやけている。うぬぼれ屋も、ここまでくると病気である。だいたい、そこには高塚など写ってはいない。

「いやいや。わかってます。俺じゃないよな、タンパくんなんだよな」

そんな思いが波動にでもなって伝わったのか、高塚は猫撫で声で言い、写真を返してきた。

まるで小さな子どもをあやすような調子に、砂家はさらに気分を害される。

「俺だって、わかってますから」

砂家は、バッグから手帳を取り出して、三枚プラス一の写真をビニールカバーの下に挟んだ。

「……『砂家・島崎《しまざき》会計事務所』？」

手帳の裏表紙を見たのだろう。高塚がそこに記された文字を読み上げる。

「父の事務所で、年末にお得意様に配るものですが――」

「『それがなにか？』――べつに馬鹿にしようってわけじゃないから。そんな、ハリネズミみたいにフーって毛を逆立てないでよ」

やや攻撃モードになった砂家を、やはりあやすような笑みで遮る。

「そうか、コーちゃんのお父さんは、会計士さんなんだ」

たしかに、侮るような口調ではなかった。

それどころか、感心する響きもあって、「田舎だから、べつにたいしたことないですけど」と続くはずだった言葉を、砂家は呑みこんだ。ハリネズミみたいに毛を……？　その画を思い描き、自分はそんなにつんけんしていたかと、落ちこみそうになる。いや、いつもだって愛想のいいほうではないが、貶《けな》すつもりのない相手にまでむきになるのは、恥ずかしい。

「あらあ、高塚さん」

手帳をしまうという名目で、うつむいて表情を隠した砂家の耳に、けたたましいソプラノが飛びこんできた。

見馴《みな》れない連中だ。ヒナの取り巻き陣とも違う。おそらく文系の女子なのだろう。十二号棟は小教室ばかりで、文系理系に関係なく、語学やゼミといった少人数の授業が行われていた。

「やあ、こんにちは」

砂家なら尻《しり》ごみするか、無視するところだ。だが高塚は、いつのまにか顔見知りになったらしい彼女らに、親しげな笑みを向ける。

「どうしたんですか、最近。こないだも、このあたりでお見かけしましたけど」

「まあ、俺もたまには勉学に取り組もうかと思ってね」

「ほんとかなあ？」

「それより、このあいだ父が山荘にキジ撃ちに行った際、偶然高塚さんのお父様にお会いしたそうです」

「あら、あなたのお宅の山荘って、志賀高原の？」

「志賀なら、うちの別荘もお近くかしら」

話題が、だんだん砂家には理解できないものになっていく。別荘、猟、親同士の交遊……富と、高レベルの生活が透けて見えるようなやりとり。あきらかに彼女らも、初等科からの内進生グループなのだろう。でなければ、高塚との接点などないはずだ。

疎外感。胸に広がるもやもやの正体を解析し、そういう結論に至った。

自分には、入っていくことのできない世界。

高塚がそこに所属している、という事実。

何年留年しようと、ちゃらんぽらんにふるまおうと、演劇にハマってアルバイト三昧《ざんまい》の日日だって、行こうと思えばいつでも戻っていける場があって、しかしそこでは、砂家は蚊帳《かや》の外である。

そういえば、今、隣で苦笑している友人も、出所は同じ群なのだった。川端は、行こうと思えばいつでも、「あっち側」の世界へ飛びこめる。

つまり、自分だけが「そうではない」。

ふだんはまったく無視しているその事実が、なぜだか今日は重苦しく心にのしかかってくるようだった。さっきまでの、心が躍るようなやきもき感とは、全然違っている。うまく言い表せないが、あっちの世界では、高塚を邪険にあしらったりはできないんだろうな、と思い、そのことが妙に悔しい。

だからといって、彼女らに媚《こび》を売ってまで「あっち側」へ行きたいとも思わない。ただ、高塚を「盗まれた」ような気がしている。どうしてそんなふうに感じるのかは、わからない。

自分でももてあますような感情を、はじめて手にしたようだった。どう制御したものか、手段を探しあぐねている。あの輪から、高塚だけを取り戻す方法。

砂家は我に返った。そもそも、取り戻すとは、どういうことだ。高塚など、最初からあっちの人間だったと思えばいい。交わることのない、二つの平行線。

それでいいはずなのに、もやもやは晴れない。高塚の笑顔、たくらむような表情。

——自分のものだと、そんな傲慢《ごうまん》な気持ちが、いつか生まれていたのだろうか。

ただ、飾り気のないストレートな言葉で迫られた、それだけのことで。

今の高塚の様子を見ていると、群がる女たちにも、等しく笑顔を向け、あっけらかんと誘い文句を口にしそうである。憎むべき浮薄さ。そういう輪には、加わりたくない。

「あ、コーちゃん、待ってよ」

やにわにすたすた歩き出した砂家に、川端があわててついてくる。

建物に入っていきながら、

「——あのさ、高塚さんて、いい人なんだと思うよ」

どういう意味でか、そんなことを言った。

砂家は友人を見た。教室以外は、天井に埋めこまれたシーリングライトのみの照明で、エレベーターに向かう短い廊下も暗い。川端がどんな表情で言っているのかは、見えなかった。

「それがなにか？」

自分でもどうかと思うような、つんけんした声が出て、ぎょっとする。

「いや、なにか？　と訊《き》かれましても……」

気のいい川端は、本気で困っているようだ。

「だから、つまり紳士なわけよ。紳士っていうのは、ほら、女性には丁寧にするのがエチケットじゃない？」

「そういうふうに教わるわけだ、英慶《えいけい》初等科では。いや、嫌味じゃないよ」

つけくわえたが、嫌味にしか聞こえなかっただろうなと思う。

密《ひそ》かに気に病む砂家に、

「うん。実際教わるわけじゃないけど、そういう風潮？　なんだかんだ、中高男子校だしさ、そういう恋愛関係の悶々《もんもん》、みたいなこともそれなりにあるわけで」

だんだん、支離滅裂になってくるが、川端が砂家の抱いた不快感を察知し、フォローしてくれようとしていることはわかった。

川端の目にもあきらかなほど、様子が変わっていたのかと、砂家はそちらのほうでも自己嫌悪を味わった。エレベーターが降りてきた。ドアが開く。

連れだって乗りこもうとした時、川端が、あ、と小さい声を発した。

「コーちゃん、高塚さんが」

砂家は目を上げた。廊下を疾走してくる長身を視界に捉《とら》えると、おもむろに指を伸ばして「閉」のボタンを押す。

「そりゃないでしょ……」

閉まっていくドアのむこうとこちらで、二人の男が同じことを言った。


砂家は、ベンチの上でほうっとため息をついた。

なんだかひどく、疲れている。

なんだかひどく、思索をめぐらせすぎている気がする。しかもそれは、考えたってしかたのないことなのだ……。

胸に浮かんでいるのは、高塚晴登《はると》の、ひとを食ったような笑顔。

砂家のちょっとした意地悪にもめげず、高塚はフランス語の授業に現れた。しかし、すでに右には川端、左にはヒナで砂家の隣は塞《ふさ》がっている。

同じエレベーターに乗れさえすれば、高塚は「リザーブ」席を確保したのだろう。砂家が視線をやると、やれやれといったていで、肩をすくめた。砂家は再度、むっとして、それきり高塚を見ないようにした。

全体的に、子どもである。誰がって、もちろんこの自分が。いつ何どきであっても、この俺を一番に尊重し、ちやほやしろ。どこの島の独裁者だ。そんな奴、自分なら愛想をつかす。

しかし、高塚はそうならなかった。

それどころか、講義終了後、わざわざ砂家たちの席まで来て、こう言った。

『これからいっしょに、ランチ行かない？　さっきの子たちが、誘ってくれたんだけど』

そして、くだんのひとを食った笑みを満面に湛《たた》えたのだ。

完全に砂家の怒りメーターが振りきれた瞬間だった。

『あ、コーちゃん、コーちゃあんんん』

川端の叫びが、ドップラー効果のように尾を引いた。しかし、砂家も高塚も遠ざかっていったわけではない。砂家は帆布のバッグを振り上げ、高塚の横っ面をジャストミートした。

「……はあ」

声に出して嘆息してみると、実にまぬけだなと思う。漫画みたいなため息をついている自分もまぬけなら、そうなるに至った経緯もまた。

こういうのを、つまり嫉妬《しっと》というのだろうか。

思いつくと、背中がぞくりと粟立《あわだ》った。

そんな感情、自分とは一生無縁だと思っていた。詩吟をたしなみ、般若心経を唱えて、厳しく自らを律してきた――つもりだった。

たかだか二十歳では、そこまで高い精神性は得られないものか。

いや、そういう問題なのだろうか。源にあるものは、節制や禁欲という次元の感情ではない。見るからに内進組とわかる、きれいでオシャレな女子学生が、高塚を囲んであっちに連れ去ってしまった、それに、ショックを受けたことなのである。

まったくもって、低レベルな話だ。

低レベルの感情から発したものであるからこそ、最後は暴力で幕となる。かっとして他人に手を上げるようなのは、最悪だ。そんな短絡さが、自分の中にあったことにもげんなりだ。最悪なことはまだあって、バッグの攻撃を受けた後、高塚はしばしぽかんとしていたが、やがてふっと苦笑すると「ごめ——」と言いかけた。

詫《わ》びるつもりだったのだろう。それでいっそう情けなくなった。謝るべきは高塚ではないと、たぶん本人だってそう思っている。だが、場を収めるために謝ろうとした。それがたまらず、砂家はくるりと踵《きびす》をめぐらせ、脱兎《だっと》のごとく教室から逃走したのである。

走って走って、いつか高塚と一緒に坐《すわ》ったベンチの上にいる。一人で、くよくよしている。

ごめんと言わせたくないのなら、自分が先にそう言えばよかった。それだけのことだ。

逃げ出すなんて、子どもと同じだ。いや、事実、子どもじみていて、みっともない。二十歳。中途半端な年齢。高い精神性などまだ求められず、しかしある程度の分別は必要、という年代だ。

いくら考えてみても、思考は同じ軌道を描くばかりだ。

ストラップに下がったキーホルダーの銀鎖が、弱い陽射《ひざ》しに鈍く光っている。もうじき三月。春はまだ遠い。

砂家はしばらく、小さなタンパくんを見つめていた。

思い出して、バッグに手をつっこむ。手帳に挟んだ写真を取り出した。

タンパくんに肩を抱かれた自分は、それなりに嬉《うれ》しそうに見える。ほんとうはあの時、中身は高塚、という事実にかなり萎《な》えていた。でも、タンパくんと並んで写真を撮るという誇らしさも感じていた。写真は、いい部分だけを掬《すく》い上げるのかもしれない。

そういえば、ここで高塚とキスしたのだ。ほぼ初対面だった時に。

ふいに思い出し、頰《ほお》に血が上るのをおぼえた。あの時には、まったくなかった羞恥《しゅうち》が、今になって打ち寄せてきた。

いや、キスなんかしていない。されただけだ。心の中の頑《かたく》なな部分がそう反論した。が、弁駁《べんばく》できるはずもない。

ベンチの空いた場所に、ふっと影が映った。

「コーちゃん。どうしたの、一人？　お昼は？」

ヒナだった。顔を上げ、なんとなくがっかりする自分に、がっかりである。

「なんか、食欲ないから」

「そう。私もなの」

ヒナは、意外なことを言った。砂家の隣に、ふわりとスカートを広げるようにして腰を下ろす。

「さっき、バタが高塚さんといっしょに、アウディに乗るのを見たわ。ゴルフ部の先輩の車だったと思う」

「……そう」

では、高塚は逃げ出した砂家の代わりに川端を連れていったのか。

なら、やはり自分でなくてもよかった、ってことじゃないか。

「真田《さなだ》さんは、いかなかったんだ？」

黒い思いをあまり長く持っていたくなくて、自分から水を向けた。

「うん。あたし、あんまり好きじゃないから、あの人たち」

「そう」

生粋の内進組の中にも、また細かい派閥があると、知らないわけではない。興味はないが。どのみち、地方の公立高校からの受験組には、蚊帳の外だ。たびたび誘われて、しかたなく同席したこともあったけれど、不自然なほどの持ち上げられ方に、かえって居心地が悪くなった。

外見以外で、自分には他人を惹きつける要素がないのだろうか。

「ほんというと、初等科……その前のお受験幼稚園の時からの人たちといるの、なんかうんざりするのよね。この頃」

ヒナにはヒナで、砂家にはわからない悩みがあるようだ。高級そうな革のバッグを膝《ひざ》に乗せ、その上で頬杖《ほおづえ》をついた。

「十六年も、同じメンバーだから？」

「計算が速いわね。さすが」

ヒナは微笑んだ。

「でも、あたしたちは三年保育だったから、十七年ね。そりゃあ、飽きちゃうわ……ってい
う問題でもなくて」

ほうっと長いため息をつく。

「無理があるっていうかぁ」

「無理？」

「お受験して初等科から、ってスタートラインはいっしょなんだけど。あたしの家って、成
金だから」

「いつからの『金』でも、ないよりはいいんじゃないの」

「あは。たしかに」

両手を合わせて笑う。そのしぐさなど上品で、お嬢様には違いないのではないかと思う。

「そういうものでもないのよ。あたしたち、さぞや大きな顔をしたグループに見えるんだろ
うけど。その中でも本流っていうのは、ほんの僅《わず》かの限られた人たちだけなのよね……」

「でも、真田さん。いつも中心にいるように見えるけど」

弱音を吐くヒナは、ヒナらしくなかった。どうしてここで、そんな話をはじめるのだろう。

「そりゃ、あたしは人一倍気が強いし、数少ない理系ってこともあるんでしょ。英慶に入ってからこっち、ずっとそんなポジション」

じゃあ、ひと握りの「本流」と、大差ないのではないかと思った。でも、そういう問題ではないのだろうとも。

「ごめん。ちょっとネガティブだよね。こんなこと、特にコーちゃんには言いたくなかったんだけど。なんか、ちょっと言いやすそうに見えたから」

先ほどの砂家の疑問の回答は、こういうことであるようだった。言いやすい雰囲気とは、弱っているように見える、ということなのか。

「あ、それ」

ヒナは、砂家の手元に目をやった。

「タンパくん？」

「あ、うん。こないだは、ありがとう、これ」

砂家は、キーホルダーのほうを示したのだが、ヒナは、

「どうしたの、これ」

と、写真に興味がいっているらしい。

「農水省のイベントで……」

「そうなんだ？　……こういう着ぐるみのバイトって、大変そうだなあ。今は寒いからいいけど、真夏とか最悪って感じっぽいよね」

不思議なことに、その言葉を聞いても、かちんときたり、「着ぐるみなんかじゃない！」という反論は出なかった。ただ、たしかに高塚は大変だろうと思うのみである。

「高塚は」？

「でも、ほんとに好きなんだね、タンパくんのことが」

憂《う》さの晴れたらしいヒナに、いたずらっぽいまなざしを向けられ、砂家はうつむいた。

「うん……」

その嗜好《しこう》も、なんだか恥ずかしいことみたいに思えてくる。

「そんな、照れることないわよお」

しかし、ヒナは明るく言った。

「一分の隙《すき》もないコーちゃんの、唯一のデレポイント？　タンパくんとなると、ふにゃってなる顔もいいんだから」

デレポイント？　デレ？　デレってなんだ？　新たな要調査ワードが出て、砂家は脳内メモに走り書きをする。

「いいんだ、と言われても……」

「そうよね。コーちゃんがその顔なのって、べつにコーちゃんの意向でも努力の賜物《たまもの》でもないんだよね」

だけど、とヒナは続けた。

「あたしは、あなたの造形を愛《め》でてるんだから。天然の美なればこそ、よ」

どん、と肩をどやしつける。

「うっ……」

景気づけの意味かもしれないが、力が強すぎた。砂家は、肩を押さえて呻《うめ》いた。

「あはは。やられた顔もまた、美しいわ！　この上ないわ！　神様って不公平ね」

たしかにそうだ。他の外見だったら、もしかしてこんな苦痛を味わわずにすんだ。

「好き勝手言ってくれるじゃないの、我がもの顔で愛でるのは遠慮願いたい」

「高塚さん！」

砂家は、はっと面を上げた。

先ほどと、変わらぬ笑顔が見下ろしている。

「ああ、不公平だよ。誰も頼んでもないのに、ありがたくもない遺伝や、環境を押しつけてくるんだよ、暇をもてあました神々の遊び」

「……微妙にオリジナリティに欠けてるんですけど？」

ヒナは目をすがめて高塚を見たが、横で固まっている砂家に気づくと、

「ふん。じゃ、交代するわよ。一生、ケチ女の汚名を着て過ごすのは嫌ですからね」

と、腰を上げる。

いや、意味わかんないし……しかし、ヒナは去っていき、ベンチに高塚と二人で残される。

そう、キスした時と同じシチュエーション。

「退治てくれたぞ」

どっかと空いた場所に腰を据えた高塚が、偉そうに言う。ドヤ顔、という新語が砂家の脳裏をよぎった。

いや、今は「偉そうに」と謗《そし》る場面ではない——そういうので、失敗をしてしまったのだ。

「あの……」

さっきのことを謝ろうと体勢を立て直した砂家の鼻先に、小さな紙袋が差し出される。

「?」

「土産《みやげ》だ」

「土産?」

「ランチパック。近頃評判のイタリアンらしいわよお?　——いや、コーちゃんご飯食べてないだろうな、と思って」

「あ、あり——」

言いかけ、一人では飯も食えない奴だとみなされているのだろうかと思う。

よけいな考えが入りこんだせいで、感謝でも謝罪でもなく、

「——べつに一人でも、飯ぐらい食えます！」

そんな自己主張が、先に出た。口にした瞬間、後悔した。

しかし、高塚はのほほんとしたものだ。

「そうだと思ったけどさ。でも、俺だってなんとか逆襲したいじゃん？」

「……逆襲って」

「そりゃ、つれなくされて、鼻先でエレベーター閉められて、おまけに殴られて」

最後の件は、まさに詫びようとしていたところだったから、砂家はダメ押しされたように感じる。

「それは悪かったです」

凶器がまさに、自分の手にある以上、嘘《うそ》や胡麻化《ごまか》しは効かない。

「いやいや。それはそれで、スリリングな体験だったよ。コーちゃんに思いっきり殴られる人間が、そう多いとは思えない」

「……」

「嫌味じゃないって。そう考えすぎないで？」

砂家の目線をどういうふうに捉えたか、高塚は頭をぐりぐりしてきた。

「……考えすぎてなんて」

そんなことはない——はずである。でも、どうなのだろう。自分の心の裡なのに、見えなくなってきた。

「まあまあ。さっさと食べちゃって」

袋の中には、四分の一サイズほどのピザ、スモークサーモンのマリネ、それにトマトとモッツァレラとティラミス、保温カップに入ったコーヒーが入っていた。

「いくらですか」

それを横に置き、バッグを近寄せる。高塚は、びっくりしたように、

「なに言ってんの。土産だって言ったじゃない」

手を振る。

「でも……お土産をいただく理由もありません」

「理由は、あるさ」

にやりとした。

「コーちゃんのことが、大好きだから」

「……、そう言われても、それは一方的な感情ですし、こういうものを受け取ってしまうと、お応《こた》えしない自分が狡《ずる》い人間みたいに思えて、かえって」

「いやいやいや。だからまあ、そう堅苦しく考えないで」

砂家の言葉の途中から、高塚の笑みは苦笑に変わっている。

それに気づいて、砂家は口をつぐんだ。

「たしかに、きみには俺から土産を受け取る理由がないかもしれない。しかし、俺にはある。それでいいじゃない」

「いいんでしょうか」

なお半信半疑だったが、堅苦しいと言われたことも気になっている。

「迷惑だっていうんじゃなければ、受け取ってください」

「……それじゃ、いただきます。ありがとうございます」

ピザ生地はカリカリのクリスピーで、シンプルなマルゲリータだったから、冷めても旨《うま》い。

自分だけが、他人から見守られつつ食事を摂る。

それは、恥ずかしいことだった。もそもそピザを齧《かじ》りながら、砂家は、自分がちょこまかと餌《えさ》を食《は》む、ハツカネズミにでもなった気分だった。目を細めて眺めている高塚は、飼い主みたいだと思う。

それが高塚の「復讐《ふくしゅう》」なのだとしたら、あなどれない。

5

結局、ちゃんと謝ることができなかった。

「土産」は残らず、たいらげたのに。

己の情けなさに、げっそりする砂家である。

でも、アルバイトをさぼるわけにはいかない。

五時きっかりに、店に出た。いきなり、文芸書コーナーの整理を指示される。

気に病むことがあるせいか、没頭できることがあるだけでありがたい。だがスピードを上げすぎないよう、客を怯《おび》えさせない節度をもって、てきぱき隊列を整え、五十音順に棚を整理していく。

「あのう、すみません」

柔らかなアルトに振り向くと、ハードカバーを手にした若い女が立っている。

「はい、なんでしょうか」

砂家は腰を伸ばした。

「これの中巻、ありませんか」

差し出された本を見て、記憶のスイッチが入った。いつだったか、高塚に薦《すす》めた、重厚長大な歴史小説……。

「……あの？」

怪訝《けげん》そうな声に、はっと我に返る。素早く視線を平台に走らせると、なるほど中巻だけがない。中巻のあった場所には、発売されたばかりのミステリーが二列に積んであった。

「しばしお待ちを」

またさっとしゃがみこみ、ストッカーを開ける。品切れかと思いきや、そこには平台に並べるにじゅうぶんな数の中巻がおさまっていた。

誰だろう。適当な仕事をしている。文芸書担当の社員は、几帳面《きちょうめん》な性格だ。昼間のアルバイトの仕業か。

「——こちらになります」

手早くミステリーを片付け、下巻を脇《わき》へ寄せると、開いた真ん中のスペースに、中巻を入れる。

「どうもありがとうございます」

彼女は、砂家の手元を見ていたようだった。

「これ、中巻があったんですね。上と下だけ買って読んでいたら、どうもおかしいからよく帯を見てみて、やっと気がついて」

恥ずかしそうに教える。

そんな、読者投稿欄に載っているネタのようなミスを、実際に犯す者がいるとは知らなかった。

彼女をレジへ案内した後、砂家はエプロンのポケットからメモ用紙を取り出した。挟んであるボールペンを走らせたが、途中で止めてメモを閉じた。早番に注意を促すようなメモを残すよりは、平台になんとかスペースを作って、大河歴史小説も新刊ミステリも並べて置けるようにしたほうが八方丸くおさまる。

自分の、四角四面な性格が、今になって気になりはじめていた。真面目一徹の石頭。大学に入る前にだって、そう陰口を叩かれていたのを知っている。でも、気になど留めなかった。真面目さが誰かに迷惑をかけることなど、ありえないのだから。

その信念が、「ほんとうにそうなのか?」とぐらつきはじめている。原因は、もちろん高塚だ。

ろくに大学にも通わず、四年も二年生をやるはめになっても、あわてず騒がず。アルバイトに精を出し、好きな演劇に打ちこんで、いつも高塚は楽しそうだ。

そのマイペースっぷりだって、誰にも迷惑はかけていないわけだ。

なら、真面目にやってもちゃらんぽらんでも、価値は変わらないことになる。

そんなのはまったく、認め難いのではあるが、でも事実だ。

だからといって、自分も適当にやろうとは思わない。学費を親に出させている。留年なんてとんでもないことで、好成績をおさめ、いい会社に入って研究をして、少しずつでも借りを返していかなければ、という思いはまちがっているだろうか。

こんなことを自問しなければならない時がくるとは、思ってもみなかった。

高塚に出会わなければ、その四角四面を「正しさ」として錦《にしき》の旗みたいに振りかざし、疑いも抱《いだ》かずに突き進んでいたことだろう。

もし、こういう人間が自分の周囲にいたら。砂家はそうも考えてみた。自分は彼におおいに共感し、胸襟《きょうきん》を開いて語り合う仲となっただろうか。

どうも、その誰かとは、いっしょにいてあまり面白くないような気がする。

そのことを残念に思うということは、自分にもあのナルシシズムというやつがあるのだろう。

作業の手を止めてまで沈思黙考し、出た結論がそれでは情けない限りだった。砂家は頭を振って、雑念を払った。帰ったら、詩吟を——そう、「勧学」がいい。学べる時によく学ばないと、月日はすぐに過ぎ去ってしまう。あの教えを、今一度胸に綴《つづ》っておかなければ。

だが、その日のうちにはそれは叶わなかった。

レジを閉め、帰る準備をしている時に、またふらりと高塚が現れた。

「ホッピー黒、二つね」

高塚は、壁をちらりと見ると、近づいてきた店員に無造作に注文した。

砂家も同じものを見た。ホッピーは知っているが、「黒」は聞いたことがない。

「なんですか、黒って」

もし身体《からだ》によくない成分でも含まれていたら、困る。とはいえ、考えてみると酒を呑《の》もうという時に健康のことを気にするというのは、変だ。

しかし質問の矢はすでに放った後だ。高塚は口角をにんまり上げると、

「まあ、色よ。白ホッピーより、若干黒い」

「黒……黒ビールってことですか」

「ビールじゃないけどね」

「ビールじゃなければ、なんなんですか」

驚いて訊《たず》ねた。

「えっ。コーちゃんまさか、ホッピーって焼酎をビールで割ったものだと思ってた？」

高塚は、逆に驚いている。

「……違うんだ」

「そりゃ違うよ。それ、ちゃんぽんってことでしょ。まずいでしょう」

たしかに。

「じゃ、ホッピーってなんなんですか」

「ホッピーは……ホッピーだとしか答えられないなあ。まあ、アルコール分のないビールテイストの炭酸飲料？」

はじめて知った。たしかに、焼酎とビールをいっぺんに呑むなんて、身体に悪い話だ。大学生になって、はじめて砂家は酒場に足を踏みいれた。ホッピーは川端といっしょの時に一度呑んだきりだったが、いくらでも呑めるので、自分はものすごい酒呑みだと勘違いしていた。片方がアルコールではないなら、それはいくらでも呑める。

目の前に運ばれた「黒」は、たしかに黒ビールの色をしていた。砂家は、瓶を手にとってしげしげ眺めた。たしかに、どこにもアルコール成分のパーセンテージを示した記載はない。それどころか、ラベルの下のほうに、「清涼飲料」とあった。コーラやサイダーの仲間だということか。

「まあまあ。いいじゃないの、細かいことは。かんぱーい」

高塚がジョッキを掲げたので、砂家も急いで焼酎が半分ぐらい入っているジョッキに、黒ホッピーをとぽとぽ注いだ。

なんのための乾杯なのだろうと思ったのは、ジョッキを傾けている時だった。

労働の後の一杯は旨い。炭酸の粒々が、ほどよく喉《のど》を滑り、食道から内臓へ浸み通る頃にはじんわり温かくなっていくのがわかる。

ちなみに、このあいだとは違う店だった。「海鮮市場」という名だが、どこにも魚のケースがない。砂家は内心、首を捻《ひね》った。

「なんか、最初に一人三品、刺身を頼むんだってよ」

卓上に置いてあった、A4サイズほどのパウチされた品書きを、高塚が振ってみせる。

「それは、義務なんですか」

「そのようだな」

「変わった店ですね。でも、俺はなんでもだいじょうぶです」

「え、そうなの？　なんか、青い魚を食ったらじんましんが出るんですー、って感じに見えるけど」

「とんでもない」

いささか気分を害されて、砂家は強く否定する。

「そんな繊細な体質なんかじゃ、ありません。庶民育ちですから」

高塚は、僅《わず》かに目をすがめた。

砂家はぎくりとした。逆に、触れられたくない部分に触れてしまったのだろうか。高塚の心の中の、どこかデリケートな部分。どうしてだか、水色のゼラチン質みたいなものが、ふるふる震えている様子が脳裏に浮かんだ。――たぶん、青魚という語に反応しただけだ。

断定し、砂家はその画像を脳内から片付けた。

「べつに、高塚さんの家系とか生育環境にけちをつけたわけじゃありません」

だがいちおう、弁明もしておく。

「真面目だなあ。そんなこと思ってないから」

高塚は苦笑まじりに否定する。

真面目と言われた。今の砂家にとって、それは決して褒め言葉とはとれない。

「ん、どうした」

目を伏せると、明るい声が降ってくる。些細《ささい》な言葉のやりとりなど、高塚はもう気にしていない。そこから生じる齟齬《そご》も、たいした問題ではないのだろう。

器、という語が浮かんだ。悔しいが、人間として男として、高塚のほうがずっと上だ。上下の問題ではないのなら、懐が深いと言い換えてもいいが。

それは、四歳という年齢差だけの問題なのだろうか。

一人暮らしをはじめて、家賃や食費、光熱費を自分の稼ぎのみでまかなうようになった。そうなってみると、父親の激務や母親のやりくりが上手なことなど、親の偉大さを痛感することばかり出てきて、まだまだ自分は一人前ではないなと思う。

だが、それまで気づかなかったことじたいが、未熟者の印だったのかもしれない。世間知らず。大都会の、便利でハイスピードに流れていく生活など、ぜんぜん想像したこともなかった。

「――なんというか」

高塚が返事を待っているようなので、ようよう口を開いた。

「俺は、いろいろとダメだなと思って」

「へ？　なにをいきなり」

「生活費はバイトして稼いでるって言っても、学費は親持ちだったり……実験の前の日に、準備を怠けて寝ちゃったり」

「そんなの、べつに常識の範囲じゃないか」

高塚はなぜか、嬉しそうに許容する。

「常識、ですか？」

「そりゃあ。だってきみ、周囲を見てごらんよ。学費どころか、遊ぶ金だって親まかせな連中が、ごろごろしてるんじゃん」

「それは、違うクラスの人たちじゃないですか」

「違うクラス？」

「ファーストとエコノミー、みたいな」

「ああ、そういうやつね」

高塚は、あいなめの刺身を口に放りこんだ。

「初等科からの人たちは、比較対象にならないです」

「んん？　なに、そんな分け方なんだ」

いったん理解したふうでいて、高塚はよくわかっていなかったらしい。

「それは、飛行機の座席だったら、お金さえ出せば誰でも乗れますよ」

現に、砂家たち一家もビジネスクラスでハワイに行った。

「ふーん。じゃ、俺もクラス違いになるわけだ？」

砂家が無言でうなずくと、「あちゃー」と卓に突っ伏す真似《まね》をしてみせる。

「そういう分け方をしちゃ、いけないなあ」

「いや、こっちが分けなくたって、あちらのほうから……」

「分けてこない奴もいるぜ？」

高塚はほのめかす気はないらしく、言うと同時に自分の鼻先をさしている。

「……そういう友だちもいます」

しかし、砂家はそれに気づかなかった。顔を上げ、高塚のそのポーズを初めて目にする。

「バタか。くそ、なんであいつに出し抜かれてんだ、俺」

高塚は、そして大人《おとな》げない様子で悔しがる。

「出し抜いたっていうか。川端とは、オリエンテーションの時からのつきあいですから」

「だよなあ。そうだよな、どうせ俺は、幽霊学生。コーちゃんが入学してきたことなんて、ぜっんぜん知りませんでした！」

開き直っている。しかし、次の瞬間にはにっと笑った。

「でも、バタとはキスしてないよね？」

「も、もちろん！」

気持ちが乱れ、口もスタッカートする。

「あ、動揺した。今、動揺したね？」

「高塚さん……」

「その、高塚さんってやつだけどさ」

高塚は、からかうのをやめ、かんぱちにワサビを塗りつけた。

「敬語はやめない？　同級生なんだし」

「え、でも」

入学時に四歳上だったならともかく、四回目の二年生、でたまたま同級生になった相手は、やはり「先輩」だとしか思えない。

「なんだよ、じゃあきみは、二浪したクラスメイトにも、『鈴木《すずき》さん、あなたが好きです』とか言うわけかい」

「誰ですか、鈴木って……いや、まあ」

砂家は、しぶしぶ譲った。

「じゃあ、なんて呼びますか？」

「ハルト」

「ちょっとそれ、いきなりは無理です」

砂家は、箸を持った手を左右に動かした。

「だから、その、ですます調でこられるのもさあ……なんか、疎外感あるじゃん？」

「留年したことがないから、わかりません——あ、これはちなみに皮肉です」

疎外感と聞いてどきりとしたが、砂家は落ちついてつけ加えた。

「……わかってます」

高塚は、憮然《ぶぜん》と肩をすぼめる。

「こうづ、いやハルト……さんは、今日もバイトないんですか。バイトじゃなければ、劇団のほう」

「名前呼び以外、フォーマット変わってないじゃん！」

すかさずつっこみ、

「今日は、だよ」

と、返す。

「でも、俺、ハルトさんがバイトしてるところとか、あのパフォーマンス以外で舞台の活動してるところとか、一回も見たことないで……ないよ？」

「そりゃあ、工事現場とかステカン取りつけてるところとか、誰か見学してたらおかしいでしょ？　コーちゃんの仕事とは種類違うし、それに」

「それに？」

砂家は、つぶ貝を摘《つま》んだ。

「今の俺は、ヒマさえあればコーちゃんにつきまとってるからな！」

箸先から、ころりと貝の身が落ちる。

「……堂々とストーカー宣言されても」

「嫌だな。ストーカーなんて、人聞きの悪い」

「だって今、自分でそう」

「俺は違うぞ？　愛だよ、愛。コーちゃんへの愛が、俺をいつになく暴走させてしまうんだ」

芝居がかったしぐさで、胸を押さえてみせる。

そんな大仰さが、信用ならないと思った。からかわれているという気が、やっぱりする。

「わかりました。でも、今、俺はそれ要《い》らないので」

「はー」

高塚は肩を落とした。

「通じないんだなあ……コーちゃん、もしかして平成生まれだよね？　そうか、時代の壁か。

どうせ俺は、昭和の男です」

「世代との関連性は、まだ断定できません。もっとサンプルがないと」

「真顔だし……ああ、でも、芝居のほうならお見せできるかもよ？」

相手は、素早く立ち直って言う。

「見にくる？　今、稽古《けいこ》中なんだけど」

そこいらでお茶でも、という軽い口調だったから、砂家はあれこれ考える前にうなずいていた。世代間のギャップなのだとしても、この、陽気で不可解な男のことを、もっと知りたいという気になっている。


タンスの上に立てたフォトスタンドを、手に取る。

三つ折りできるようになっているそれには、三枚の写真がおさまっている。いずれも、あの日、川端が撮ってくれたタンパくんとの写真だ。

アングルが微妙に違うだけの三枚だ。三枚とも飾っておく必要はない。

だが、百円ショップでは気に入るものが見つからず、大学近くの、ちょっとお高い雑貨屋で三面のこれを奮発した。無駄遣いは憎むべき敵であるが、タンパくんとなれば話は別だ。

家を出る前、帰ってきた時。それに寝起きに必ず、こうしてしみじみと眺めるのが、ここ数日の砂家の日課となっていた。

その隣に鎮座したぬいぐるみに話しかける機会が、そのぶん減っている。砂家にはよくわからない。写真の中のタンパくんは、「※ただし、中身は高塚」と添え書きをつけなければならない、いわば偽物だ。

だが、それをいうなら、ぬいぐるみにはその中身さえない……綿やおがくずなら、詰まっているかもしれないが。

ネタバレしている状況でも、等身大で、動いたりするほうが愛着を持てるということなのだろうか。

現金な自分を窘《たしな》めるために、砂家はぬいぐるみを抱え、フォトスタンドは畳んで伏せる。えこひいきはよくない。誰に対してのひいきなのかは知らないけれど。

ちなみに、頭部が高塚になっている偽物の写真は、真ん中の写真の裏に入れておいた。

風呂上がりの、ほどよく温まった身体を、ぬいぐるみとともにベッドに横たえる。ぬいぐるみと添い寝する、二十歳の大学生（男）、というものの客観的評価を知らないわけではないが、誰かに見られているわけじゃなし、黙っていれば誰にもわからない。

……あ、なんか今、狡いこと考えたな。

そんな思いがめぐったが、もう半分眠りに落ちている。自分を律し、正す。でも今は、起き上がりたくない。勧学も、どうでもいい。

劇団「クラルテ」の稽古場は、ＪＲ駅の高架下にある、バラックのようなスペースだった。電車が通るたび、轟音《ごうおん》と震動でなにも聞こえず、天井から吊《つ》り下げられた裸電球がぶるぶる揺れる。

そんな環境でも、

「これで月、七万だよ」

法外な賃料を取るらしい。絶対、法規に触れていると思う。

しかし、両手で七の数字を作ってみせながら笑う高塚は、家賃などものかはという様子に見えた。

「はあ……皆で出し合うなら、そんなにきつくはないかもしれま、しれないけど」

無駄にへこます必要はない。だが、そのせいで内心とは違うことを言ってしまう。

約束どおり、高塚は稽古中の現場に砂家を招いてくれた。

二人が入っていった時、すでに数名の団員がいて、台本を片手に発声練習をしたり、壁に沿って伸びる、そこだけ妙に新しい印象のバーにつかまってストレッチのようなことをやっている。

「あ、コーさん。お疲れさまです」

高塚に気づいた女の子が、明るく声をかけてきた。おう、と高塚。黒いレオタード姿の彼女は、後ろにいる砂家に視線を走らせ、首を傾げた。

「クラスメイト。というより、俺、今、猛然とアプローチ中」

高塚は無造作に、こっちの肝を潰《つぶ》すような紹介文を述べる。

「うわあ、コーさんにロックオンされてるんじゃ、生きた心地もしないでしょ？　つか、もんのすごい美形じゃない！　どこで見つけたのよ、コーさんたら」

「だから、クラスメイトだって」

「っていうことは、二年生？　絵に描いたみたいな、きれいなお顔……」

「おい、触るなよ、みゆき」

「触りませんよ、コーさんに喧嘩《けんか》ふっかける気はないもの。あたし、真木《まき》っていいます。真木みゆき。語呂が悪いけど、親が離婚して母親に引き取られたからなの。気にしないでね」

「は、はあ……」

めまぐるしすぎて、砂家は差し出された手をとりあえず握った。

「あ、こら、なにさりげなく触ってんだよ」

「友好の、し・る・し。はいはい、みんな、見せ物じゃないわよー」

自分の気がすんだからというのでもないだろうが、みゆきは大きな身振りで、なにごとかと近寄ってきた、他の団員を人払いする。

「てか、その子、あれじゃない。あの、無理難題少年！」

聞きおぼえのある声がしたと思ったら、街頭パフォーマンスの時に、呼びこみをやっていた彼女なのだった。眉《まゆ》をひそめた顔に険を感じ、砂家は、「そ、その節は」とまた、舌をもつれさせる。

「悪気はなかったんだよ。その件は、もういいだろう、リサ」

高塚のほうがよっぽど、冷静に彼女をなだめた。

「悪いとか言ってるんじゃないですよお……ただちょっと、見てくれがずば抜けてるからってさ、って思っちゃっただけで」

そう言う彼女は、色白の小顔で肌が透き通るようだが、低い鼻梁《びりょう》と、やや存在感を主張しすぎる大きな口で、美形とは言い難かった。

だが、それでいて印象には残る顔だ。目も大きく、舞台化粧をすれば誰より目立つのではないか。

嫌いなタイプの顔ではなかった。砂家はぺこりと低頭する。

するとリサは、急に膝の力が抜けてしまったらしく、あわてた様子でバーにつかまった。

「か、かわいい……」

「だから。誰にも侵略は許さん！　いいな？」

珍しくも殺気だった高塚が、連中をひと睨みする。

「……だったら、こんなところに連れてこなけりゃいいじゃない」

つっこんだみゆきも、高塚の眼力の前には無力に等しいのか。肩をすくめて、元いた場に戻っていった。

「この通りだ。世間は飢えた狼《おおかみ》だらけなのだよ、コーちゃん」

高塚は、またよくわからないことを言う。

「隅で見てるね」

ともかく、自分じたいがなんらかの火種になるような気配がした。砂家はそそくさと、宣言通りの場所に移動する。

舞台の稽古、などというものを見るのははじめてのことだった。砂家の芝居との関わりはといえば、おきまりの「学芸会で昆布の役」と大差ないものである。つまり、小学生の時に、否応なしにキャスティングされて、という程度。

が、三年生の時の学芸会だけは別で、砂家は「白雪姫」の白雪姫を配役されたのだ。大学を出たばかりの担任の、若さゆえの痛い暴走。男女を入れ替える、という趣向で、ラスト前には女子の扮《ふん》する王子様からキスまでされてしまった――そこは、「ふり」だけでよかったのに、クラスでいちばんガタイがよく、陰で赤鬼とあだ名されていた彼女は、思いっきり本気で、棺《ひつぎ》の中に横たわる砂家に蔽《おお》いかぶさってきた。

嫌な記憶が甦《よみがえ》り、砂家は人知れず、身震いする。気がつけば、稽古場に人の輪ができており、その中心で高塚がきびきびと指示を与えていた。「あそこの芝居、ちょっと違うんだよね」「もうちょっと、感情抑えられないかな？　クライマックスまで、タメてさ」「さっきのしぐさはよかった」——脚本担当兼、時々役者だと自己紹介しなかったか？　だが、どう見てももっとも比重がかかっているのは演出家としての高塚である……ように思う。

周囲の団員たちが、言い返すこともなくうなずいているのを見て、この場の最高権力者が高塚であることを確信した。

キャンパスでは決して見せない、シリアスな表情。

いかに芝居に熱中し、心血を注いでいるかがわかる。学生の本分は勉強、という持論の砂家ですら、「そりゃ、大学なんてこないよな」と納得してしまったほど、高塚は本気だった。

そう見てとると同時に、ここにいてはいけないのではないかとの思いもよぎる。場違い。よそ者。そんな気がした。だって俺は、高塚の演劇への情熱を、まだ共有していない。

——まだ？

とっさのこととはいえ、そんな助詞をつけてしまった自分に、ぎょっとした。ということは、いずれは共有する時がくるということか……少なくとも、自分はその時がくることを予期、あるいは欲している。そういうことなのだろうか。

身体じゅうが、熱をもっている。高塚に同調するかのように。日頃は冷たい指先にさえ、熱は通ってぽかぽかした。

昂揚《こうよう》しているのだ。

同じ望みを分かち合いたい、と感じただけのことで。

演劇のことなどひとつも知らない自分が、他人の気持ちに寄り添ってしまった。

と、いうのは。それの意味は。

みなまで考えることはできなかった。わざわざ確かめるまでもないことだ。

そういう感情を、なんと言い表すのかぐらいは、知っている。

砂家が周到に張りめぐらした、高い高い心の垣根。

それを蹴倒《けたお》す勢いで、むりむりと踏みこんできた男がいる。

無礼だなどと、いまさら抗議したところで、無駄だ。

高塚のことを、いつのまにか好きになっていたのだと、気がついた。

それと同時に、そもそも高塚がこの場にいる理由も思い出される。好きだった人のことはもう関係なく、今は芝居に打ちこんでいるのだろうか。

結局、それが気になっている自分の気持ちを、もてあます。


そんなことを言ったって、たかだか一度、舞台稽古を見学しただけである。

二十年間、誰にもほだされない人生を送ってきた自分が、雷に打たれたような一瞬に恋心を自覚するなんていうことがあるのか。世の中いったい、どうなっているのだ。

誘い……稽古の後の、充実した一杯につきあうのを固辞して、砂家はなんとか自宅に逃げ帰った。

だが、それを敗走だと感じる心が、恋なのだろう。

今はわかる。高塚が、ちゃらんぽらんな理由。

他に情熱を傾けることがあるから、それ以外はどうでもいい。

おそらく、恋愛よりも、今は演劇、なのだろう。

砂家が、ものわかりのいい大人ならそれでもよかったが、あいにく、どうやら初恋というやつに一方的な攻撃を受けている最中だ。

それはたぶん、遅く訪れれば遅いほど、高熱を発し見境がつかなくなるものなのだ。

だって、腹立たしい。

あれほど「好きだ好きだ」と言ってきたくせに、高塚はあっさりと、呑み会を拒否する砂家を解放した。

芝居と較《くら》べれば、その他のことなんてどうでもいいんだな。

そう解釈した。それとも、いまだに失恋した相手を想っているのだろうか。

だったら、大学なんてすっぱり辞めて、演劇に専念すりゃいいんだ。

塞ぎこみ、半ばやつあたり気味にそう考える。

他人の人生に嘴《くちばし》をつっこむなど、ありえないよけいなお世話、そして愚である。

高塚がなにに没頭していようが、いいじゃないか。しょせん、他人の意向だ。

それが、「どうでもいい」とは思えない。愚かなことと知っていても、俺を無視すんな、などと思ってしまう。

後で考えれば、それもまた恋愛の初期症状というフォーマット通りの感情の流れだった。

しかし、経験のない砂家には雲を摑むような心許《こころもと》なさだった。


となれば、問題は相手、つまり高塚がどれくらい本気かということに焦点が移動する。

熱病みたいな恋心に炙《あぶ》られている自分と同じほどの懊悩《おうのう》に、あの男はうなされているのだろうかと、そういうことだ。

どうも、そうとは思えない。

最初から、「好きだ好きだ」というその顔は、いつだって笑っていたではないか。

そんなのを「本気」とは、とうてい思えない。

本気ではないからこそ、あんな人を食った面持ちで、思わせぶりなセリフを吐ける。

一分の隙もない三段論法ではあったが、すると今度は、肝心の砂家の気持ち、が宙ぶらりんになる。

どんなわけでかは知らないが、好きになった。

相手は、自分よりももっと前から、自分を「好き」と言ってきている。

なら、なにも悩むところなどないはずだ。あるのは、猜疑心《さいぎ》、そして馬鹿にされたくはないという、意地。

なぜなら、高塚は違うクラスの住人だ。

初等科からの英慶育ちは、けっこうひどいこともする。それは、一年の頃から刷りこまれてきた人生訓というか、緊急避難の手だてである。

つまり、ランチタイムに高級外車でどこぞのホテルに出かける連中には、悪い癖がある。

そんな階級に憧《あこが》れる田舎者を、思わせぶりに誘っては、ゲームの駒《こま》として使うのだ。

まるで、彼らのほうから興味を示したそぶりで、複雑怪奇な感情ゲームに引きこみ、さんざんおもちゃにしたあげく、飽きればあっさり放り出す。

ろくでもない遊びだ。巻きこまれたほうこそ、たまったものではない。

あんな連中相手に、けっして本気になってはいけない……。

いつだっただろう、そんな訓示を胸に刻んだ。

そうでなくとも、砂家にはまともな恋愛経験などない。

ただ、一方的に好意を寄せられ、気を抜くと巻きこまれている——あの、小学三年の時の学芸会が、いい例だ。演目にかこつけて、自分自身の意思は無視した女子。

さまざまな悪意のない、あるいは存在する思惑により、常に揉《も》みくちゃにされてきたという気がする。

「――もう騙《だま》されないぞ」

その夜、ぬいぐるみを抱きしめながら誓った、砂家の決意を誰が笑えよう。

これでも、だいぶくたびれたんだからな。

ファーストキスを奪っておきながら、あの女子は、砂家に脈がないと知って、あっさり退却した。

学芸会以来、彼女を意識しはじめていた砂家の意思なんか、まるで忖度《そんたく》されない。

気をつけよう。そう思った。

東京の有名大学に入り、クラスの雰囲気を一瞬で感じとってからは、なおさらだ。

二度とは、梯子《はしご》を外されまい。

そう思ったからといって、自分にどんな罪があろうか。

信じられるのは、混じりっ気なしの友情だけ。むろん、同性間限定で交わされる、それ。

そんなふうに再認識したからというのでもないけれど、砂家はなじんだ友人の声に安心しながら振り返った。

「あ……」

声をかけてきたのは川端だったが、隣に思いもよらなかった相手——高塚がいる。

「おは、おはよう」

自然、うつむきかげんに応対することになる。ただ、「おはよう」と言うだけなのに、どうして。

「二人は、いっしょにきたの？」

そして、不自然な質疑をすることにもなった。川端が、「は？」と目を見開く。

「そんなわけないじゃん、俺と高塚さんと、どこで待ち合わせするっていうのよ」

まあ、言われるまでもなく、そんなわけはないのだろう。

しかし、川端は知らない。砂家が、自分にはわからない内進組ルートを使って、今日、同じ英慶育ち仲間同士で登校してきたのかもしれない、などと勘ぐっていることなど。

ぴりぴりとしていた。それは確かだ。入ってはいけない輪がある。それを自覚しただけで、人はどれほどにも狷介《けんかい》になれる。こんなことをうじうじ考える自分も、人が違ってしまったみたいに感じた。

「そう」

だが、そんな内面の事情を悟られるのも嫌だった。砂家は素早く、踵を返す。

「もうじき、コーちゃんのシーズンだねえ、コーちゃん」

川端は屈託なさげに、スキップで砂家に並ぶ。

「俺のシーズンて？」

「後期試験。去年は、コーちゃんのノートのおかげで、ほんと助かった」

「……」

「そんな霊力あるんだー。じゃ、俺もそれにあやかって、今年こそは三年生になりたいなあ」

高塚はすかさず、唱和するとともに追いついてきた。

やはり、複雑だ。

去年は、入学したてということもあり、比較的全員が勤勉だった……ような気がする。

砂家はもともと、一コマも休むことはなかったけれど、頼まれればノートを貸した。

それだけならまだしも、一年生時の前期試験、教養科目の日本史の試験用に自作した年表が、なぜだか今年の新入生の間に出回っていると知り、なんとも甘じょっぱい気持ちを味わった。川端を通じて知っている、チャリンコ同好会の部員ならまだわかるが、顔も名前も知らない下級生が、学食で見おぼえのある年表を広げていたのだ。

優等生の誉れ高いのは悪くないが、一切の努力を怠る連中の助けになるなど、正直いって願い下げだ。

しかし、

「俺もコピーさせて」

高塚の笑顔を見れば、「うん、いいけど」とうなずかざるを得ない。

「てか、高塚さん、前期試験受けてないじゃないすか。今年度の進級は、無理なんじゃ……」

「おまえ、バタ、言いにくいことを平気で言うなあ」

「すんません」

昨日までなら自分も、この他愛ないやりとりの中に入れたのだろうか。

砂家は、心臓の存在を意識する。とくんとくんと打つ心音は、べつに速くはなっていない。

心は、そこにはない。ではどこだろう。頭の中？　それは「想い」であって、心じゃないんじゃないか。

どちらにしても、恋心を自覚した今となっては、すべてぎこちなく、不自然なものになってしまう。

厄介な感情は、この先どこへ行くのだろう。

　コピー機が、がこんがこんと景気のいい音を立てている。

　川端に貸したノートは、砂家からすれば膨大な量で、一枚十円のコピーでも、そして他人の財布でも胸が痛む。川端はご多分にもれず金持ちの子だが、珍しくもコンビニの深夜バイトをしており、本人いわく「小遣い銭ぐらい、てめえで稼がなきゃ」な状況だ。

「おう、バタ――あ、それ、砂家ノート？」

　ホールにどやどや流れこんできた集団の中の一人が、声をかけてきた。川端とは初等科以来のつきあい、という例の連中。

　男子は砂家を無視しがちだったが、試験の時期となれば話は別だ。

「俺もコピーさせて！　数IIと生科、やばいんだ」

「俺も、全体的にお願いできたら……」

　次々と手が挙がり、いつもは決してみせない愛想のいい笑みが、砂家に降り注ぐ。あまり嬉しくもない。無愛想にならない程度に、笑顔を返した。連中の顔に、さっと動揺が浮かび、ややあって一人が、

「ど、どうも。俺のことなんて知らないだろうけど、去年から世話になってます」

案外と素直に頭を下げてくる。

「いいけど、おまえらは俺のコピーを、コピーな」

川端が、ぶっきらぼうに割りこむ。

「なに、その、よくわからないこだわり？」

「こだわりっつか、一枚二十円」

「うわ、サイテー」

「守銭奴！」

「いつからそんながめつい男になったんだよ」

最後のセリフを吐いた男は、ちらりとこちらを見た。

まるで、砂家とつきあっていることで感化されたんだろうと言わんばかりの顔つきである。

「嫌ならいいけど？」

「わかったわかった。今日からおまえのあだ名、『ドケッチ川端』な」

「なにそれ、ちょっと面白そうじゃんか、俺」

川端のことを、たまに尊敬できるのはこういうところだ。陰口や風評など屁でもない。

それは、東京のハイソな家庭で育った者特有の自尊心なのかもしれない。

すくなくとも、人の心の向かうところを先回りして、傷つかないように自己防衛の手段を講じるようなセコさ、つまり自分みたいなのとはわけがちがう。

「コーちゃんのオリジナルノートは、先約入ってんだ」

コピー機を停め、川端は「な?」というようににやりとした。

「……ああ。うん」

高塚のことを言っていると、すぐにわかる。川端が、どんな意図をもって発言したのかは知らないが。

砂家がうつむいているので、会話はそれきり切れた。

「コーヒーでも呑《の》む? 俺、買ってくるけど」

学生ホールには、自動販売機が数台置かれ、カフェテリアに行くには懐の寂《さび》しい者が憩う場となっている。そうでなければ、川端のようにコピー機を使う学生。

したがって、おおよそは大学から英慶に入ってきた、地方出身者が集まることになり、口さがない英慶育ちから「ふきだまり」と呼ばれていることも、砂家は知っていた。蔑《さげす》んでいるくせに、こういう時だけいい顔をする。そういう人間は、べつだん田舎にいた時から珍しくはなかったが。

でも、英慶における主流、反主流という分け方をすれば、高塚もそちらに属するのだ。

彼らにいい感情を持てないことを嫌だな、とはじめて感じる。

塾での講義を終えて、砂家は建物の外に出た。週に二回、中一のクラスで英語と数学を教えている。受験対策のための塾であり、アルバイト講師はこぞって、生徒募集のチラシに「実績」として記されているような有名大学の学生だ。まあ、生徒たちが実際に受けるのは、その付属高校なわけだが。

英慶高等部を志望する生徒も、すくなからずいる。しかし、高校から英慶、はあまりお勧めできない。講師がそんなことを考えているとは、生徒たちはもちろん知らない。大学の中で、高等部からの内部進学組は、全体数の十分の一にも満たない。少数派であることにかけては、初等科育ちの連中と変わらないはずなのだが、なぜだか彼らは肩身が狭そうにしている。

塾は、砂家の最寄り駅の前にある、五階建てのビルの二階と三階に入っていた。外に出ると、冷たい外気が肌を刺す。まだ夕刻だが、夜がくるのが早い時期だった。

「あれ、スナガ、くん？」

駐輪場へ向かっていると、前から歩いてきた女の子が、顔を上げて名を呼んだ。

彼女を見た砂家も、「あ……」と口を開けた。夜目にも白い顔、目と口の大きな顔。

「クラルテ」の稽古場で会った劇団員、たしかリサという女優だった。

「どうも、こないだは」

「お出かけ？」

リサは、砂家の姿を頭からつま先まで視線でひと巡りすると、そう問うた。

「いや、バイトです」

砂家は、出てきたビルをさした。

「……『金銀、プラチナ。高額買い取り』？」

「いや、そっちじゃなくて」

あわてて否定しにかかったが、

「わかってるってば」

リサは、あははと笑う。

「塾のほうよね？　英慶生なら、こういうとこで働けるからいいね」

「……リサさんも、バイト、ですか？」

リサはといえば、ダウンジャケットにカーゴパンツという、ラフな身なりだ。

「そう。これから。そこの、『北海』って居酒屋」

気どりのない口調で教え、あ、となにか思いついたようだ。

「砂家ちゃん、これから時間ある？　よかったら、一杯やってかない？」

大きな眸《ひとみ》が、きらきらと輝いて、こちらを見上げている。

「あ——」

「都合悪い？　だったらいいんだよ、べつに」

「……いや、ちょっとだけなら、だいじょうぶです。あ、でも自転車できてるので」

試験勉強をしなければならないのだが、一杯呑むぐらいの融通も、気転もきかない奴とは思われたくない。彼女が、高塚の芝居仲間である、という事実の認識が、もちろんいちばん早く訪れていたせいもあった。顔見知りの女の子の、ちょっとした好意からの誘いをがんとしてはねつける、こちこちの石頭だなどとは……いや、すでにそう思われているにしたって、そのイメージを少しでも回復したい。

「だいじょうぶよ。自転車は、押して帰れば。歩いたらどのくらい？」

「三十分です」

「余裕じゃない。いこいこ」

……前にも同じような会話を繰り広げた記憶があるのだが、気のせいだろうか。

その名の通り、北海道料理が売り物の店らしかった。壁に貼られた品書きに、「カニ」の字がやたらと目立つ。

しかし、高いタラバ焼きなどというものは頼めない。それに、一杯だけと断わってもいる。

結局、おでんを数品と、

「ホッピーはないんですか？」

注文をとりにきたリサに訊ねると、

「あ、ホッピーありますよ」

気軽に返ってくる。

「じゃ、黒を」

「え？」

紺の作務衣《さむえ》に着替えたリサの眉間《みけん》に、皺《しわ》が寄った。

「ごめん、黒はないんだ」

「あ、じゃあ、白でいいです」

黒のほうは、それほどポピュラーなメニューではないのだろうか。

「はい、どうもありがとうございます、ホッピー入りました」

リサが威勢よい声をかけると、奥のほうから「ホッピー一丁」「ホッピー一丁承りました」と二回の反復が入った。それは、やまびこみたいだった。

居酒屋とはそういうものだとはいえ、元気のいい人ばかりいるみたいだ。

講義の後でほどよく疲れ、そして喉も渇いている。リサが運んできたホッピーを、砂家はごくごくと呑んだ。

「ふう」

「すごい……」

リサがまだ卓の脇にいて、目を丸くしている。その視線を追うと、ジョッキにはもう半分も残っていない。

「見かけに似合わず、強いのね」

「お酒は、適量ならけっして悪徳ではありません」

「は？　悪徳？」

ますます目を丸くされ、「いや、いいです」と砂家は発言内容を後悔した。

やがて、注文したおでんが運ばれてきたが、頼んでいない赤い球体や、練り物が入っている。

「あの」

「あたしからの、心づけです」

リサはにっと笑って、小さく囁《ささや》いた。

「……どうもすみません。ありがとうございます」

サービスのいいことだ。そうなると、

「じゃ、もう一杯」

ジョッキのお代わりもしないことには、好意のバランスがとれないと思う。やれやれ。人類史上、「あなたを悪くは思ってませんよ」という意を示すために、どれほどのアルコールとどれほどの食材がちょろまかされたことだろう。

しかたない。結局、感情は見えない。目に見えるものの形に変換しない限り、たいていのことは伝わらないものである。

二杯目のホッピーも景気よく流しこみ、手足の先が温まってきたのを感じた。いや、ちょっと暑すぎる？

そこに来て、ようやく箸《はし》をとり、砂家は赤玉を割ってみた。正体は、トマトだった。トマトのおでん。最近、そういえば流行《はや》っているみたいだ。

トマトはトマトだったが、出汁《だし》が沁《し》みていて旨い。とろけていても、わりと旨いもんだなと思い、砂家はバッグからメモ用紙を取り出した。今度作ってみようと思う。

練り物はゲソ天だった。熱いものを食べすぎたので、突き出しの塩辛をつつく。

すると、今度は喉が渇いた。砂家は、「すいませーん」と、手を上げる。

「同じものを」

近づいてきたリサに頼むと、「承知しました！」と、またあのやまびこコールが繰り返される。面白い。

塩辛で、三杯目も軽く干してしまった。四杯目とともに、イカの一夜干しを注文する。ゲソ天が旨くて、イカへの渇望を搔《か》き立てられてしまったようだ。

「ふー……いや、今日は化学のまとめをしようと思ってたし、呑んでる場合じゃないんだよね……」

四杯目をやりながら、誰もいない対面に話しかける。

なんだか、地球が急に、自転の速度を増したようだ。砂家自身は動いてもいないのに、頭だけがぐるんぐるんと回っている。かつて体験したことのない、快さ。身体もふわふわ、浮き立つようだ。

こんなふうに、毎日過ごすことができたら、幸せだろうな。

雲の上で生活してるみたいに、いつでもふわふわ。

そうだ、今だったら、高塚に気持ちをうちあけることができるかもしれない。なに、相手がこちらをほんとうはどう思っていようが、いいではないか。このふわふわ感の中では、少しくらいの不幸がなんだというのだ……。

「ぐう……コーヅカ、いやハルトぉ！」

がん、と卓に置いたジョッキは、もはや何杯目なのかわからない。

「よく聞け！　……んー、俺はな！」

「ちょ、だ、だいじょうぶ？　砂家ちゃん」

はじめかけた演説は、リサの声で遮られた。

「ん？　なんれすか」

声のほうに目を向ける。あれ、リサさんが二人、いや三人、どっこい四人もいる……？

「呑みすぎた？　コーさんが、砂家ちゃんは酒強いって言ってたし」

遠くから聞こえてくるような声だ。

「それに、サービスのつもりもあったから……ホッピー、ちょっと濃い目に作ってしまいました！」

……え？

なにを言っているのかはわからなかったものの、なにかまずいことを聞いたような気がする。

が、なにがまずいのかはわからず、そうすると思考の中心をどこに置いていいやら、で、いつものように素早く論理が組み立てられない。

「なんだよ、それ。しょうがねえなあ……サービスなら、一杯目だけでいいだろうが」

おやと思った。聞きおぼえのある、いや、むしろ今いちばん聞きたい声がする。

これはひょっとすると、夢の中のできごとなのか。

だから、こんなどんぴしゃりのタイミングで、高塚の声なんかが聞こえるのだ。

「そうか……夢か……」

「コーちゃん、コーちゃん……おい、これどうするんだよ！」

「ごめんなさああい。よけいなことをしたつもりはないんだけど……」

「それにしたって、コーちゃんはいつも、こんなもんじゃびくともしないぞ！　おまえ、メチルアルコールとか入れただろ」

「そんな。ってかメチルアルコールが、店にあるわけないじゃない」

んー、なんかケンカしてるし。

「でも、夢だから。こんなところにハルトはいないし……、夢じゃないなら、好きになったって言うのになあ……むー……」

「おい！　おい！　おい、コーちゃん」

さらさらと流れる小川のほとりに、砂家は立っていた。

真夏だ。頭上の近い場所で、太陽がじりじりと照りつけてくる。

足元には紫色のれんげや、タンポポが群れるようにして咲いていた。

ツユクサや、朝顔も花開いている。あれ？　なんか季節感おかしい？

……それにしても暑い。額《ひたい》に手をかざし、空を仰ぐ。

ふと、誰かの呼ぶ声がした。

『やあぁあん、コーちゃぁあん』

む、この声は。

川の向こう側に、白装束の天使がいた。なぜだか天使は、高塚の顔をしていた。

胸に黒い表紙の聖書を抱き、もういっぽうの手は、なにか棒のようなものを持っている。

棒の先には、蛍光灯の輪っかがついていて、それは高塚の頭の上で輝いていた。

はあ。ということは、俺は天国にきたんだな。

死んだおぼえもなかったけど、まだまだやり残したこともあるんだけど、神様って噂《うわさ》どおり容赦ないな。

どれだけ心残りがあろうとも、その時がくれば否応《いやおう》なしに連れていく。

死神も天使も、意味はいっしょだ。

――って、んなわけない！

突然、霧が晴れたように、頭の中がクリアになった。

砂家は、がばと跳ね起きた。

「な、なんなんだ、いったい」

「あ、起きた」

キッチンスペースで、シンクの前にいた男が、振り返る。

「……」

砂家は、しばし絶句したきり、高塚をまじまじと見つめていた。

なじんだワンルームに、陽ざしがさんさんと降り注いでいる。

朝。

なんら確信はない。ただ、夢から覚める時はいつも、朝の訪れを伴わなければならない、という先入観がそう思わせた。

実際、

「おはよう。ちょうど飯が炊けたところだ」

高塚は、笑顔のままそう言う。

「おは、おはよう、って……」

今もって、なにが起きているのかわからない。夢の世界へ行く前の俺は、どうだった？ 起き抜けの頭が、忙しく回転をはじめる。

夜——朝の前なら夜——砂家の定義では、昨日の午後七時から、今日の午前二時までの時間帯。

そこで俺は、なにをどうしていた？

少しずつ、記憶の糸がほぐれはじめる。

昨日の七時頃なら、「北海」という居酒屋にいた。なんでそこにいたかというと、「クラルテ」の女優、リサに誘われて、彼女がバイトしているその店にいったのだ。

軽く一杯だけやって帰るつもりだったのに、いろいろとおまけをしてくれたこともあり、調子づいてどんどんジョッキを重ねた。その数、いったい何杯呑んだのだろう？

記憶が甦ると、肌がそわりと冷たくなった。冷たく……いやなんか、物理的にも寒いのだが。

と思って身体を見下ろすと、パンツ一枚のあられもない姿なことに気づく。

「ぎゃっ」

「……自分で脱いだんだろ、『お風呂に入ります。勝手に入ってこないようにしてください』って、完全に目が据わってんのに、口調はいつもどおりクール。俺、感銘を受けたよ」

急いで毛布を肩まで引っ張り上げた砂家に、高塚が説明した。

「それは……失礼しました」

それにだいたい、男同士で裸を見たの見られたのっていうのも、ヘンだ。

たとえ相手が好きな人だとしても。

「ええと、高塚さんがここまで送ってくださったんですか？」

「ううん、もう！　敬語に戻ってるし」

高塚は、奇妙な動きで身をくねらせた。

「今、味噌《みそ》汁もできるから」

そういえば、部屋に芳ばしい香りが充満している。

「冷蔵庫にあったシャケの切り身は、焼いていいの？」

もそもそとトレーナーを着こみながら、

「あ、はい。こうづかさ、いや、ハルトさんのぶんも、焼いてください」

砂家は答え、大急ぎで身だしなみを整えた。

「そりゃありがたい。実際、まともに朝飯なんて食ってないんで、俺はいいんだけど、コーちゃんはきっと、三食きちんと摂るんだろうなと思ったから」

炊飯ジャーが、湯気を上げている。一人暮らし用の小さい型だが、当世流行りの「炭火、土鍋」の高級品なのは、上京する息子に、母親が持たせてくれたものだからだ。

やがてテーブルに朝食の用意が整い、砂家は高塚とさし向かいで「いただきます」と手を合わせた。

「ええと、昨夜はその、高塚さんがあのお店からここまで、俺を……？」

見おぼえのない白菜の漬物が出ている。

「そう。右にコーちゃん、左に自転車を抱えて。死ぬかと思ったけど、三十分で着いたよ。コーちゃんの時間は、ドロヨイしてても正確なんだな。俺、感心した。『丸正《まるしょう》』って漬物屋がまだ開いてたから、これ買う余裕まであったぜ」

泥酔をドロヨイと読んでいるのか、ウケ狙《ねら》いなのかはわからなかったので、砂家は訂正を思いとどまった。

「どうもありがとうございました……その上、食卓に一品まで。『丸正』さんは、おいしくて安いので、時々利用してます」

「うん。たしかに旨い」

しかし、高塚が箸で摘んだその白菜は、見事につながっていた。

味噌汁は少し辛すぎ、具の油揚げもやっぱりつながっているが、作ってもらったものにケチをつけるという作法は、砂家の常識の中にはない。

「むー……気にしなくていいから」

つながった白菜を飯に乗せて憮然とする高塚は、そのことか、それとも泥酔した砂家を送ったことを「気にしなくていい」と言っているのかは判然としなかった。

「いえ、気にします」

砂家は箸を置いた。

「そもそも、人は酒を呑むのであって、酒に呑まれるのではないわけで、呑まれてしまうのは、心に隙があったということです。隙があるというのは、弱いということなのです」

「おいおい、そこから宗教とかセミナーの勧誘がはじまるんじゃないだろうな」

高塚はにやりとした。からかうようで、でもその目には労《いた》わりの色も浮かんでいる。

「たまにはいいんだよ。コーちゃんは、いつでも真面目《まじめ》、いつでも平常心。でも、それじゃ疲れるだろう？　羽目をはずすことがあったって、いいのさ」

「俺、疲れてるんですか？」

真面目と言われたことが、なぜか恥ずかしい指摘のように思えることは措《お》き、砂家は自分でも思ってみなかった事実のほうに気をとられた。

「疲れてるんですかって、本人に自覚ないなら、そうじゃないのかもしれないが……」

高塚は苦笑し、白菜を口に放りこんだ。

「傍から見てると、息抜きが必要かなって思うこともある。ぎりぎりまで膨らんだ風船を、背中にしょってるような感じ？」

「……風船の割れる音は嫌いです」

「ならやっぱり、たまには休憩」

にこりとしてから、

「いや。だからって、リサの奴、調子に乗ってどんどん呑ませたんだって？　がっちり叱《しか》っておいたからな。しかも、よかれと思って、コーちゃんのホッピーに、いつもの倍、焼酎を入れたっていうじゃないか」

あのホッピーに隠された秘密を教えた。

「そうだったんですか……」

道理で、すぐにふわふわした心地になったわけだ。

かといって、今思い返してみても、あのホッピーは濃すぎるとも思わなかったのだ。

「……隙を衝《つ》かれたって感じです」

「というか、気づかないって……コーちゃんのポテンシャル、異常に高いとみた」

高塚は、思いついたように言った。

「今度、うちの打ち上げにおいでよ。そりゃすごいから」

「はい、喜んで」

「なんか、手土産《てみやげ》に虎やの羊羹《ようかん》とかたずさえてきそうな勢いだなあ」

「いえ。虎やは高いので。持っていくにしても、『丸正』のオホーツク漬けがせいぜいになると思います」

「……マジだし」

眉間を二本指で挟む高塚に、「真面目すぎて面白くない」と思われたのでは、と急に心配になった。

経緯はどうあれ、酔い潰れた砂家を送ってくれた上、朝まで付き添っていてくれた。

起きた時にはびっくりしたけれど、こうして高塚と向かい合って朝食を摂っていることを、どれほど嬉しく思っているか。もし伝えるなら、高塚がここにいる間しかない。

「あの」

だが、言いかけた時、高塚が「あ」となにかに気がついたような声を上げた。

「タンパくんだ」

タンスの上に、視線が行っている。

「へー。ぬいぐるみ持ってたんだ。あ、こっちはこないだの写真？」

立ち上がって、フォトスタンドを手にする。

「はい……」

今では、タンパくんとのツーショット、よりも中に入っている高塚との記念写真だというほうが先に出てくるようになっているので、返答はややぎこちないものになる。実は、真ん中の一枚の裏に隠した蛇足の一枚を、たまにこそこそ取り出して眺めている事実。知られているはずはないのだが、ばつが悪い。

「うーん……初めてのコーちゃんとのツーショットなのに、タンパくん着てるってのが無念だよなあ……」

だから、高塚のそのつぶやきに、こくんと心音が大きく打った。

「あ、いや。中の人なんかいないんだったな。これはあくまで、タンパくんだから。わかってるって」

高塚は、あわてたように訂正した。砂家の顔に、非難の色を認めたのだろうか。

しかし砂家は、詰《なじ》る意味で難しい顔になっているのではなかった——もし、表情にそう出ているのだとしてもだ。

今しかない。そう思った。

「お、俺もそう思います」

緊張のあまり、かえって棒読みみたいなセリフが出た。

「ん？」

高塚は、フォトスタンドを元の位置に戻してこちらを見下ろしてくる。

「その……、タンパくんの時のハルトさんとのツーショット、なのはざ、残念だなって」

短い沈黙の間に、いい想像も悪い想像も脳裏を駆けめぐった。正確には、嗤《わら》われるだろうか、という思いがよぎった時、

「……マジで？」

高塚の声には、嘲《あざけ》りの調子がなかったので、悪いほうの想像は霧散したのだが。

いつになく真面目な目をしている男に、砂家はゆっくりうなずいた。

「俺は、ふだんの高塚さんといっしょに写真が、撮りたいです……」

蚊の鳴くような声で続ける。

「そ、それは、写真だけの話？」

高塚の声も、余裕を失《な》くしていた。砂家は無言で、かぶりを振る。

「写真以外の時も、いっしょにいたり……、手をつないだりしたいです」

「つまり、俺を彼氏にしてもいいってこと？」

「ハルトさんが、今でもそれを望んでるなら——というか、好きだった人のほかに、俺の居場所も空けてもらえるなら」

言葉が終わるか終らないかのうちに、ぎゅっと抱きしめられていた。広い肩に鼻先を押しつけると、微《かす》かなタバコの匂《にお》いがする。

しばらく抱き合った後、高塚が身体を離した。砂家の顎に指をかけ、上向かせる。

ベンチで出し抜けに盗まれた時とは、まったく違うキスだった——あの時はことりともし

なかった心臓が、割れ鐘みたいな不規則な鼓動をガンガン打ちつけてくる。

ただ、そうしたいと思ってするだけで、こんなに変わるのか。

砂家は、高塚のシャツの背中をきゅっと握った。息苦しくなってきて、自分から離そうとすると、高塚はやや乱暴に頬を手で挟み、舌先で砂家の歯列をつついてきた。

反射的に開いた口に、温かなざらりとした軟体動物みたいな舌が挿しこまれる。

びくりとして、動いた肩を今度は摑んでさらに引き寄せ、高塚は砂家の舌を執拗《しつよう》に追った。

からめて取り、吸い上げる。ごくっと喉が動いて、唾液《だえき》が伝わっていった。

「——ふ」

もう呼吸したい。少しの休息が欲しい、思った時、腹の辺りに固い感触をおぼえた。

奥手な砂家にもわかる——同じ性なら、おぼえのある状態に、高塚の雄もまたそうなっているということだろう。

急激な困惑に見舞われた。まさかそんな、今すぐそんな、そこまでは……。

いやいやをするように身を捩《よじ》ったところで、高塚が退《ど》く。

「ごめん」

高塚の頬も、上気していた。

「ちょっと今、がっつきかけてました」

そう言って、ぺろりと口の端を舐《な》める——そこは、たぶん砂家の唾液で汚れていた。

自分の口もべたべたなのを感じるけれど、いつかのようにティッシュで拭《ぬぐ》わないと雑菌が、などとは思わない。それどころか、高塚から伝染《うつ》るなら、怖い病気でもなんでもこい、という気持ちにさえなっていた。

高塚が砂家を軽く抱きよせると、額をこつんとぶつけてくる。

「ところで、俺の好きだった人って、誰？」

間近に目を合わせて問う。え、と砂家。

「俺に訊かなくても、わかるんじゃないんですか」

自分のことなのに。

「わからないから、訊いてるんだけど」

「……劇団に入る、きっかけになった人」

「は？」

高塚は目を見開き、それから笑い出した。

「なんだよ、それ。俺がいつ、あいつのことを？」

「でも、そういう噂、聞いたんですけど」

風向きが変わってきた。当人も知らない噂。高塚ならありえそうだが、この明朗さの裏に、隠しだてするようなことはないだろうとも思う。

「あー……そういう話になってんのね。ま、いいけど」

突然笑い止み、最後は投げやりに言う。

「あの」

「もう一回、キス」

詳しく訊く前に、唇を塞がれてしまった。

これは、否定したということになるのだろうか。あの噂は、ただの噂だったと。

幸せなのに、やっぱりなにかが引っかかって、しかし自分に対する気持ちさえたしかなものならそれでいいかとも思う。

「んー。続きがしたいけど、一コマ目に間に合わなくなるかな」

不穏な一言に、砂家ははっと時計を見る。

「ま、間に合わない！」

急いで高塚を押しのける。それからばたばたと、教科書やバインダーをバッグに押しこんで、砂家は部屋を飛び出した。

「ハルトさんも、早く！」

「もう、真面目なんだから……」

不本意そうな、高塚の声。

翌週からは後期試験がはじまって、アルバイトも、恋も、一休みすることになる。

恋愛にうつつを抜かして、単位を落とすようなのはいちばん避けたいことだった——だが、そういう連中を、高いところから冷ややかに眺めるような気持ちは、もう砂家の中にはない。

それどころか、今は思う……それもわからないでもない、と。

砂家にとって、天動説から地動説への転向にも等しい大転換だ。

しかし、だからって恋にかまけているわけにはいかない、と自分を律するところまでは変わってはいない。砂家はデートの誘いも断わって、試験勉強に打ちこんだ。高塚は、後期試験を受けても無駄なのだが、それでも受けると言う。

その心意気は、砂家を感動させるにじゅうぶんだった。試験が満点でも、出席日数で高塚には単位が取れない。それでも試験を受けることが、高塚なりの誠意なのだろう。

現に、

「コーちゃんのノートを、無駄にはしたくないからね」

と臆面《おくめん》もなく口にした。

「こんな俺でも、コーちゃんノートで高得点！　……コーちゃんの名声が、ますます高まり、注目度が上がってライバル急増！　……それはイヤ」

なにを言っているのかは、いまひとつよくわからなかったが。

一日おきに、砂家のアパートで試験勉強をする。その間、キスにはだいぶ馴れたと思う。

後期試験が終われば、春休みだ。三月中旬に成績表が交付されるが、卒論がない三年生までの学年には、実質的に二月から春休みに入るといっていい。

試験の最終日、登校した砂家は異様な光景を目にした。

キャンパス内に、喪服姿の学生たちがうろついている。

男子はブラックスーツにブラックタイ、あるいは学生服。それは、おそらく体育会に所属する運動部員なのだろう。

女子は、フォーマルウエアに真珠のネックレスをつけ、ふだんは華やかに巻いている髪を、首の後ろの低い位置で無造作に束ねただけの姿をしていた。

それは、葬儀会場では普通に目にする光景なのだが、そんなのがちらほら、構内を歩いていることには違和感をおぼえずにはいられない。

なんだろう。そして、そうでない学生は、試験期間中ということもあり、オシャレをしてなどいないから、よけいに目立った。

「川端。どうしたの」

喪服連隊の中に友人の姿を見つけ、砂家はそちらに近づいていった。傍《そば》まできて気づいたが、川端は、ふだんは距離を置いている、内進生グループの一団とともにいた。

「あ、コーちゃん」

川端は、まるではじめて「そうではない」学生がいることに気がついたかのように、意外そうな顔をした。

すぐにいつもの、親しげな様子になり、

「初等科時代の先生が亡くなったんだ」

と教えた。

「今日、お通夜でさ。試験の後、直行しようと思って――俺が中等部卒業する頃は、教頭先生になってたけどさ。いちおう、初等科では三年間、担任」

なんでもないふうに、「今は校長だって」と告げた。

それで得心した。英慶の初等科には、クラス替えがないらしい。だからこそ、「初等科上がり」の間に、強い絆《きずな》が築かれるということだ。

そういうことなら、今、大学に籍を置くその連中は全員、なんらかの関わりを、その校長と持っているのだろう。

これだけの頻度で、喪服を目にするはずだ。砂家は納得した。

それだけのことで、大学から入学した「外様」たちが排除されていることに、特に疎外感などおぼえなかった。蚊帳の外。それは、生え抜きではない英慶生には普通にあることである。

事実、自分にはなんら関係のないこととして、流してしまっていた。

思い出したのは、今日の一コマ目、生物学IIの試験会場に入った時である。

「コーちゃん、こっちー」

砂家を見つけて、大きく手を振る高塚もまた、喪服姿だった。

背中から冷や水を浴びせられたように感じる。そういえばと、ようやく思い出した。高塚は、「あっち側」に所属していることを。最近では、すっかり忘れていた。

くだんの物故者が、高塚の初等科時代にはどんな役職だったのかは知らない——まあ、平教師だったのだろうが、高塚を六年間、教えた人なのだろうとは推察できた。

ならば高塚が、喪服を着ていることに、なんら疑問はない。

それなのに、嫌な気がする、というのはどういう感情の震えなのだろう。

嫉妬。また顔を覗かせた、煤《すす》けた灰色の塊。それが、胸の中に広がっていく。心のありかが、ようやくわかるようになったのは、高塚のことを考えるたびに同じ場所が疼《うず》くからだった。

そしてその想いは、感じたくない気持ちまで運んでくる。

考えなければ、いいのに。

こんな顔を見られたくない。きっとひどい表情になっている。砂家は視線を逸《そ》らし、高塚から遠く離れた後ろのほうにバッグを置いた。お、と後ろで声がする。

「ラッキー。砂家ちゃんの後ろだ」

聞きおぼえのある声に振り向くと、いつもヒナにまとわりつている、あの内進生グループだった。当然、彼らも喪服に身を包んでいる。

こいつらが喪服だろうとどうでもいいのに、高塚だとどうでもよくない。

恋愛模様というけれど、それはもっとカラフルできれいなものだと思っていた。ところが砂家のそれは、時たま暗色の、おどろおどろしい曼荼羅《まんだら》模様になることがある。

今がそうで、「絶対に答案が見えないように気をつけよう」と、腹の中で決意した。いつもなら、ちょっとぐらいはいいかと思うところである。複雑怪奇な恋愛システムのなせる業《わざ》。

肘《ひじ》で用紙を隠すようにして、しかも小さな字で砂家は答案を埋めていった。三十分で全部書いてしまい、さっさと立ち上がる。背後でため息をつく気配があったが、振り返らない。自分も、ドケッチ砂家と呼ばれたりするのだろうか。

棟を出ると、ほうっと白い息が漏れた。喪服連隊にカンニングさせてやる義務はないが、意地悪をしなければならない理由もない。嫌な気分だった。

と、こちらに走ってくる足音が聞こえた。

「もお、コーちゃんが見せてくれないから、ちっとも書けなかったじゃんか！」

喪服なのに、陽気で暢気《のんき》な顔、そして声。喪服着てるくせにと、砂家はじろり高塚を見上げる。

「……もうすんだんですか」

「俺？　だから、ヤマも外れたし、適当に書いて出て来たよ。コーちゃん、さっさと出ていくし」

「……」

「な、なに」

剣呑《けんのん》な空気を感じたのだろう。高塚は、やや怯《ひる》んだ顔になった。

「なんでそんなに、ちゃらんぽらんなんですか」

「え？」

「試験は、真剣勝負なのに」

「うーん。たしかにそうなんだけども」

高塚は穏やかに腕を組んだ。

「でも、今の俺が受けても、進級できないわけじゃん？」

「だったら、受けなければいい」

「コーちゃん、どうした？」

高塚は腕を解《ほど》き、心配そうに覗きこんできた。

端整な顔が近づいて、砂家はぷいと横を向く。「べつに」

「べつにって。だって、ちゃらんぽらんな俺のことが、気に入らないんだろう？」

「それが嫌なら、真面目に講義に出てればよかったですね」

「だから、コーちゃんをもっと早く見つけてればそうしたって言ってるんじゃん」

かちんときた。

「どうせ俺は、田舎出の、大学から英慶のダサい学生です！　四年前に、あなたと知り合うことなんかできませんでした」

「誰もそんなこと言ってないってば」

高塚は、しょうがないなというふうに苦笑した。

「これでも俺、まっとうにやろうと心を入れ替えたつもりだし、努力は認めてよ」

あやすように言われたのも、面白くなかった。まるで自分が、聞き分けのない子どもみたいではないか。

いや事実、そうなのだろう。砂家は憮然とした。高塚への攻撃の拠点は、「喪服を着ていること」なのだ。そして、後ろの席の連中には八つ当たりをしてしまった。子どもだ。

「誰かに認められたくてする努力なんて、不純だ！」

高塚は、僅かに目をすがめた。

「コーちゃんみたいな理性の人は、そうかもしれないけど」

先ほどまでとはうって変わった、低い声でつぶやく。

「モチベーションって、人それぞれだしさ」

そんなことはわかっている。砂家だって、なにも自分と違う価値観を絶対認めないと主張したいわけではなかった。

だが、わかりきったことを言われ、いっそう心が固くなる。

「他のいろんなことも、人それぞれでしょう」

踵を返す。

「ちょっと待てよ、コーちゃん。マジで怒ってんの？」

砂家はくるりと振り向いた。

「俺のことなんて、どうでもいいでしょう。受けてもしょうがないなら、お通夜のお手伝いに行ったらどうですか——お仲間といっしょに」

高塚の顔に、あきらかに怒りの色が浮かんでくる。はっとした。初めて見る表情に、今言ったことを早くも後悔する。

「つまり、これが気に食わないのか」

高塚は、黒いネクタイを摘んで引っ張った。

「そ、そういうわけじゃ」

にわかにうろたえる砂家に、きつい視線を浴びせてくると、

「そこ言われてもな。恩師だし、行かないわけにはいかないんだ」

険も露わにそう言った。

「……行くななんて言ってないし」

頭の中がぐちゃぐちゃになってきた。論理的に、すぱっと考える。あくまで冷静に。そう、

心がけてきた普段の思考パターンが、崩壊しかかっている。

ただ、この人を好きになったというだけで。

そういう自分も、嫌だった。けれどもいちばん腹立たしいのは、ちょっとした疎外感をぐんぐん育ててしまう卑屈な心である。あるいは、コンプレックス。

結局、わかりあうことなんてできないのだろうか。高塚が、細かいことを気にしない性質なことは、よく知っているはずなのに。

足早に立ち去る背中に、高塚が大きく嘆息する気配を感じた。

7

べつに怒らせたかったわけではない。だが、一連の自分の言動は、あきらかにケンカを売っているものだった。温厚な高塚に、牙《きば》を剝《む》かせるほどに。

それだけ、砂家の疎外感も強かったということだ。それはきっと、高塚には理解できないものだ。川端も、同じだろう。


だからといって、無関係な自分が通夜に足を運ぶことなどできないし――。

コンビニで買った新聞に、訃報《ふほう》が出ているのを確認し、砂家は大きくため息をついた。

二コマ目の地学の試験が終わり、帰宅した部屋である。水曜日。なにも考えたくない時に限って、バイトも入っていない。どういう巡りあわせなんだろう。

試験が終わった彼らは、もう通夜会場に向かっている頃だろう。

その中に、高塚もいる。疎外感をおぼえるなというほうが、無理だ。

壁に背中をくっつけて鬱々《うつうつ》していると、体内からエネルギーが抜けていくようだ。省エネを心がけている砂家だが、無駄なエネルギー放出を止める力も出なかった。

視線を上げる。タンスの上のタンパくんが、邪気のない顔を向けてきた。

「……やっぱり、中に誰かが入ってないほうが、いいんだ」

タンパくんは、砂家を嫌な気持ちにさせない。怒らない。言い返してきたりもしない。だって、魂なんかないから……。

そんなことを思っている自分に、愕然《がくぜん》とする。タンパくんの実在を、否定したことなどなかったのだ。嫌なことがあった日は、タンパくんに報告し、グチをこぼすことで楽になれたし、立ち直ることができた。タンパくんは喋《しゃべ》らないけど、俺のことをいちばんわかってくれている。

二十歳を過ぎて、そんなことを信じていた自分が可笑《おか》しい。が、一人きりの部屋の中で、声を出して笑う気にもなれなかった。それは、頭のおかしい人がとる行動だ。しかし、今まで自分は、そうしていた。

今ではもう、腹立たしくない。というか、高塚のことを考えるのじたいが嫌だ。それは、己の狭量や醜さを、つきつけられることだから。

DNAの抽出実験を思い出した。凍らせた鶏のレバーをミキサーにかけ、食塩水を加えて湯煎《ゆせん》する。

濾過《ろか》と湯煎を繰り返し、やがてビーカーの表面に、抽出されたDNAが浮かび上がってくる……。

白く濁った水飴《みずあめ》状の液体が、固体の特質や能力を決定づける遺伝子だ、と言われても、いまひとつ納得がいかない。

納得がいったのは、抽出したDNAの特性を調べていく過程において、だった。重湯《おもゆ》みたいなどろりとした塊には、驚くほど多くの情報が詰めこまれている。

鶏には鶏の、人間には人間特有のDNAがある。

だが、感情や性格までは、いくら実験を重ねたところでわからない。一人に一つずつの意思や主義。

わからないから、わかりたいと思って、そして人は恋するのかもしれない。

今になって、やっとそれを知る。自分の未熟さかげんが、情けない。高塚もきっと、そう思っている。

「はー……」

学問では、知ることのできないことがある。

科学にも、踏みこめない領域。

だったら、いくら考えてもしかたがない。

砂家は立ち上がって、フォトスタンドを手にした。

真ん中の一枚を外し、下に隠した写真を見つめる。今では、こちらのほうが貴重に思える。

高塚との、ツーショット。

元に戻し、掃除をはじめた。

シンクの中に、半分に切ったビールの缶が伏せてある。

喫煙者である高塚のために、砂家が自作した即席灰皿だった。まだ新しい。ビールのパッケージが、くっきりとしている。

これが錆《さ》びて、使えなくなるまで続くものかと思っていた。

しかし、なんの約束も交わしてはいない二人である。むろん、男同士で結婚だなんだと話が進展するはずもない。

不安定なんだ……だからこそ、お互いの気持ちが大切だ。

水気を切った缶を、またわざわざ洗いながら、砂家は決意した。謝ろう。

決めてみると、なんでもないことだと思えた。いつまでも仲違《なかたが》いしていたくなんかない。


通夜の席に、いつまでいるのかはわからない。しかし、親族でもない高塚たちが、夜もすがら棺《ひつぎ》の前で線香を絶やさぬ寝ずの番をするとは思えない。

特に高塚は、そのままバイトに行くのではないかと推測した。かといって、ステカン取りつけや工事現場の具体的な場所を知っているわけではない。

とりあえず電話をかけた。だが、出たのは留守番電話の声だった。

一方的なメッセージで、謝ったことにするのは嫌だった。なにか卑怯《ひきょう》な気がする。

受話器を置いた。やっぱり、携帯ぐらい持つべきなのだろうか。確かな信念さえ、揺らいでいるのを感じる。いや、それが信念と呼べる強さなのかも、わからなくなってきた。要らないから要らない。そんなのは、ただの意地にすぎないのではないか。

アパートの外階段を降りる時、冬の夕方の、冷たい風が吹きつけてきた。一月が終わる。切れかかった電球が、ぱっぱっと喘《あえ》ぐように弱い光を投げかける自転車置き場から、自転車を引っ張り出した。

「いらっしゃいませ――あ、砂家ちゃん」

リサはほんの一瞬だけ、しまったというような顔になった。

その後は、すぐに眩《まぶ》しそうな表情に変わって、

「このあいだはどうも……へへ、ごめんね？」

いたずらを謝る子どもみたいに上目遣いになる。

午後六時。「北海」は、開店したばかりだった。白木のカウンターはぴかぴかに磨きたてられ、灰皿は新しい。まだここに店を開いてあまり間がないのではないか、と突然そう思った。

他の客の姿は見えない。砂家がカウンターの隅に坐ろうとすると、

「そんなはじっこじゃなくて、真ん中に坐りなよ」

おしぼりとお通しを出してくれながら、リサが勧めた。

言葉に甘えて、場所を移動する。

「ホッピーをください……普通の濃さのやつ」

つけ加えた言葉を聞いて、リサはまたえへへと笑った。

「あ、コーさんから聞いたんだ？　……まあ、普通言うわよねえ。ごめんね」

「いえ。気がつかなかった俺も、どうかしてましたので」

砂家は手のひらを立ててたびたびの謝罪を退ける。カウンターの中にいた、揃いの作務衣の若い男が、まじまじとこちらを見下ろしてくる。

「お客さんも、舞台に立ってらっしゃるんですか？」

思わぬところからの問いかけで、砂家は「いえ」とまたかぶりを振る。

「ただの、しがない大学生です」

「なに言っちゃって。天下の英慶生じゃない」

リサが笑った。

「だけど、砂家ちゃんがもしかしてうちの劇団に入ってくれたら、観客倍増まちがいなしなんだけどなあ？　ただ立ってるだけで、映えると思うし」

窺《うかが》うような口調ではあったものの、砂家はややびっくりした。

「とんでもないです。俺に芝居なんてできませんから」

「てかさ、リサ。倍増たって、十人が二十人になろうと、あんま変わんないんじゃないの」

「まっ。言ってくれるじゃないの――はい、ホッピー」

出てきたジョッキを、砂家は気取られないようにしながら、慎重に検分した。氷に押し上げられた焼酎は、まあ常識的な量で、「サービス」はされていないと判断する。

「あの、リサさん」

すぐに食べられる、イカの一夜干しの皿を受け取ってから、話しかけた。

「ん？　なあに」

「高塚さんに、今連絡できますか？」

「コーさん？　今すぐってこと」

砂家がうなずくと、怪訝そうながら「うん、できると思う」と答える。

「でもたしか、今日は恩師のお通夜だったはずだけど」

知っている、という意思表明のため、砂家はふたたびうなずいた。

「ということで、店長。携帯持ってきていいですか？」

「まあ、しかたねえな」

店長だったのか。男はちらとこちらを見ると、鹿爪《しかつめ》らしく許諾《きょだく》した。

リサは奥へひっこんだ。ややあって、赤い携帯を耳にあてながら再登場してくる。

「あ、コーさん？　そうそう、あたし、リサ。まだお通夜っすか？　ん？　ろくでもない用じゃないわよ。頼まれたのよ。誰にって？　うふふ。誰だと思う？　……ってちょっと、なんで即行で正解するんだろ……はいはい、しばしお待ちを」

携帯を、砂家のほうに差し出した。

「約束でもしてたの？　なんか、『コーちゃん!?』って、ミョーに声が血走ってるんですけど……」

そう聞いて、砂家もにわかに緊張した。背筋がすっと伸びる。

「――もしもし」

『コーちゃん。どうした』

高塚の、焦ったような声が聞こえてくる。

「どうしたって……さっきは、すみませんでした」

高塚は、ちょっと黙った。するとその背後のざわついていた音が急にクリアになった。リサが言っていた通り、まだ通夜会場にいるのだろう。

『……それだけのために？』

「ごめんなさい、お邪魔するつもりはなかったんです」

砂家は急いで、電話を切ろうとする。

『ちょ、ちょ、ちょっと待て！　コーちゃん』

バックグラウンドのノイズに負けまいとするかのように、声を張り上げる。

『ええと、仲直り？』

「はい。高塚さんさえ、許してくださるなら」

『固いなあ、固いよ』

電話のむこうで、くくっと喉を鳴らす。いたずらっぽい笑顔の表情まで見えた気がして、砂家は目をしばたたかせた。

『今、「北海」だよね？』

「はい」

『わかった。三十分で行く』

「え、それはダメですよ。まだ、お通夜じゃないんですか」

『だいじょうぶ。焼香すませたら、即行出るから』

「だいじょうぶじゃないです。そんな、恩知らずな……」

『って、コーちゃん、俺が通夜に出るのが嫌だったんじゃないの？』

「……」

そう言われれば、言葉もない。己の幼さを、つきつけられている気がした。

『わかった。じゃ、一時間。一時間でじっくり、中身の濃いお別れをしてくるから』

「……はい」

『てか、コーちゃん。酒呑んでる？』

「あ、はい」

『ダメだダメだ、リサの酒なんか呑んじゃ』

「今日は、普通のホッピーです」

『普通でもだよ。一杯だけ呑んだら、家に帰ってなさい』

「わかりました」

素直に承諾して、砂家はリサに携帯を返した。バッグを開いて、財布を取り出す。

「ちょっとコーさん。なんか、あたしの悪口言ってませんでした？　呑ませてないですよ、今日は。普通のホッピーですって！　……ああ、はいはい、はい、わかりました」

リサの目がどろんとすると、携帯を二つ折りにした。

「責任をもって、砂家ちゃんを家にお返ししろ、だってさ」

ふんと鼻を鳴らす。

「過保護なんだから、もう」

「このあいだ迷惑をかけたから、しょうがないです……電話代は、おいくらになりますか？」

砂家が財布を開くのを見て、リサは、

「は？　要らない要らない、なに言ってんの」

とんでもないというふうに、手を振る。

「でも、私物をお借りしたんだし」

「好意でお貸ししたの！　お金なんかとったら、あたし一生、コーさんから嫌味言われ続ける羽目になりそう」

呑み代まで固辞しそうな勢いなのを、半ば強引に押しつけ、砂家は早々に席を立った。

高塚は怒っていない……もう怒っていなかった。店を出ながら、胸のつかえがすっと降りていくのを感じる。

しかし、代わりに、それ以上になにか息苦しいような塊が衝き上げてきたようで、自転車を押しながら砂家は大きく深呼吸する。

塊はなくならず、それどころかいっそう苦しくなってしまった。高塚の顔を見る前に、倒れてしまったらどうしよう。


駅前のスーパーなどで買い物をして、アパートに戻ったのは三十分後だった。徒歩で帰ってきたのと変わらない。

時間がないので、惣菜《そうざい》はできあいのものばかりだ。スーパーに入っている、この辺りでは有名な焼き鳥屋の出店で、十本ほど選んだ。

皿に焼き鳥の串を並べ、その他の惣菜も皿に移した。ビールも半ダース買い足して、高塚を迎える準備は整った。

タンスの上からタンパくんを降ろし、隣に置く。すべての作業を、落ち着いてこなしたはずだが、胸苦しさはなくならない。それどころか、身体じゅういっぱいに広がってしまったようだった。呼吸しづらいほどだ。

テーブルの前で体育坐りをして待っていると、呼び鈴が鳴った。

心臓がその音に反応して、どくりと重い音をたてる。

「やあ。こんばんは」

喪服の上からダウンジャケットを羽織った高塚が、いつもの笑顔で立っている。

「い、いらっしゃい」

いつになくあわててしまった。冷静沈着がとりえだと思っていたのに、タンパくん以外のことでもまごつくようなことになるとは予想外だった。

「あ、これお願いできる？」

玄関に入る前に、高塚が差し出したのは、浄《きよ》めの塩の小袋だった。受け取って、封を切る。

茶色のダウンに、ぱらぱらと白い塩が雪のように降りかかった。

「ありがとう。じゃ、お邪魔します」

高塚は莞爾《かんじ》と笑うと、肩の塩をさらっと払い、ようやく玄関を上がってくる。

「……他の人は、まだ残ってるんじゃないんですか」

ダウンを脱ぐと、朝見たのと同じ、黒いスーツが現れた。ネクタイは外して、シャツのボタンを二つほど開けている。

そのことで腹を立てたのは自分だというのに、砂家はそれが気にかかった。ああ言ったけれど、教え子の中で高塚がとびきり不人情だという評判が立っても困ると思った。だがそれは、こうして自分のために途中で抜けてきてくれたせいということになる。

恋は、理不尽だ。わがままを聞いてもらえなければむくれるくせに、受け入れられればそのことで心配ごとが生まれる。自分で制御可能なことならいいが、疎外感をおぼえるメカニズムを、砂家はまだうまく操縦できていない。

「ん、いいんだよ。今ごろは皆、寿司とか天ぷらとか食って、ビール呑んでるだけだし」

高塚は、そんな砂家の矛盾を責めることもなく、ふわりと笑う。

「だいぶ賑《にぎ》やかなお通夜みたいですね」

砂家は、高塚を対面に坐らせた。

「お、すごいご馳走《ちそう》」

高塚は目を細める。

「さっそくいただいていい？」

と言うからには、寿司も天ぷらも食べてはこなかったのだろう。

「めっちゃ旨い！」

厚揚げとジャガイモ、いんげんの煮つけを口に入れ、目を丸くする。

「……スーパーの総菜コーナーで買ったやつですから。これ全部」

砂家としては、恥じ入りつつ白状するしかない。

「うん。そんな味だよ」

今度はねぎまの串に手を伸ばし、しれっと言う。

見破られていたか。それにしても、ひとが悪い。

砂家ももくもくと、盛りつけただけの惣菜を口に運ぶ。

「ほんとう言うと、冷めてるから、わかった」

焼き鳥を齧りながら、高塚が言った。

「コーちゃんが作った時は、熱々のを出してくれるから、わかるんだ」

笑った目に覗きこまれるようにされ、砂家は「そうですか……」と、芸のないあいづちをうつ。

これではいけないと、正座し直した。

「高塚さん」

「うん？」

「今朝は、ひどいこと言っちゃって、どうもすみませんでした」

「ちょ、ちょっと。だからって土下座はやめてよ」

高塚は串を放り出し、砂家の肩に手をかける。

目を上げると、困ったような、嬉しそうな、どちらとでもとれる笑んだ眸が見つめていた。

自然と顔が近づき、まだ謝罪の途中なのにキスするというのはどうなんだろうと、雑念混じりに唇を合わせた。

けれど、触れ合ってしまうとそんな思いもちりぢりになって、砂家は夢中で高塚の舌に自分のそれを絡ませた。

「——俺のほうも、コーちゃんの気持ちを考えてなくて悪かった」

唇を離し、高塚はさっきより真剣なまなざしで言う。

「俺の気持ちなんて……ただ、焼きもちやいてるだけです」

「うん。だけど、そういう感情が……言い方悪くてもうしわけないけど、外部から入ってきたきみの気持ちは、結局俺も想像するしかできなくて。それがもどかしくて、俺も荒っぽいことを言ってしまった、そのことは事実だし」

率直な言葉。砂家は「しょせんわかりあえない」という結論よりも、正直に言ってもらえたことのほうに希望を見出《みいだ》した。

「亡くなった先生っていうのは、初等科の時の担任だったんだ」

その後、砂家の肩を抱いて、高塚は教えた。

「はい」

「うちって、六年間クラス替えがないだろ。だから、六年間みっちりしぼられた。厳しい先生だったし、俺も悪ガキだったからね」

想像できるような、できないような。

「俺は、英慶って学園が好きじゃなかった。中等部、高等部と進む、その歳月に比例して、中の奴らに変な結束というか、選民思想が芽生えて肥大していく、みたいなのがさ。それが、初等科の時にもう見えてしまうから、嫌だった。初等科には外部生なんかいないのに、わかってしまった。嫌なところだと、そう思っていた。でも先生は」

と、高塚はこちらに顔を向けてきた。

「俺のそういう意見を、ちゃんと聞いてくれて、英慶にそういう悪《あ》しき風潮があるのも認めていて、だったらお前がそれを変えてみたらどうだ？　ってさ」

「風潮を……変える？」

「六年生の時だよ。俺は、中学は別のところに行くつもりで、そのせいで親と対立してて……呼び出されて、どうせこのまま中等部に上がれって言われるだけだろうと予想してたら、そういう話だった。英慶には、そういう閉塞《へいそく》感みたいなものがたしかにある。でも、下から上がったお前が、その空気をとり払うことはできないか？　って。まあ、挑戦してきたのかな？　後から知ったけど、先生は、大学から英慶に入ってきた人だった。それが初等科の教員として採用されるまでには、ものすごい努力が要ったんだろうな。悔しいことだって、山ほどあっただろう。だけど俺は、まだ努力しようとすらしていない」

「努力したんですか？」

「まあ、いろいろと。とはいえ、無駄だったけど」

高塚は、ひょいと肩をすくめた。

「内部生だけで固まるのはやめよう、そう言ったって、他の連中は……ホテルのランチや、どこそこのフレンチ、みたいな誘いも全部断わって、大学で知り合った友だちとばかりつるんでみた。しかし、結果としてはただ変人とみなされただけだったな」

「そうだったんですか……」

「そのうち虚《むな》しくなってきたし、ちょうど芝居やってる友だちに誘われて、『クラルテ』に出入りするようになったら、ハマった。その後は、ご存じの通り、大学なんてそっちのけの生活だよ」

そういえば、高塚が劇団にのめりこんだのは、「好きな人」を追いかけて、だったはずだ。

急に思い出した。砂家の心は、また乱れはじめる。

「どうした？」

肩を揺さぶられ、しげしげと斜め上にある顔を見る。

「な、なんだよ」

「……前にも訊いたし、しつこいかもしれないけど、『クラルテ』に、高塚さんの好きな人が先にいたから、っていう話が気になっています」

少し仏頂面になっていたかもしれないと思う。しかし、

「そういう内容を、無表情で言われてもさあ」

と高塚が言うから、不機嫌は表に出ていなかったらしかった。

「でも、ちゃんと知っておきたいです」

「なに、もしかして妬《や》いてんの」

「ええ」

高塚は、ぎょっとした顔になる。と思ったら、いきなり胸を押さえた。

「うっ、その直球さ。やられた……なおもやられた……」

背中を丸めて、苦しがってみせる。

その後、

「たしかに奴にはずいぶん感化されたけどさ。べつに、恋愛感情なんてなかったよ。そういう噂になってるとこないだコーちゃんに言われるまで知らなかったけど、噂なんて信じる奴は信じるし、信じない奴は信じなきゃいいしね」

真面目な目をしてそう言った。

「……信じなければ、だいじょうぶなんですか」

「コーちゃんの気持ちしだい」

「じゃあ、信じません」

「うーん、素直だ。惚れ直す——っていうか、その噂って、初等科からいっしょだった連中が流したんだろうな。俺のつきあいが悪いことで、腹を立てていたらしいし」

「そんな。子どもじゃないですか」

「子どもなんだよ、結局は。誰が、誰と仲良くしてようがいいじゃないか。それが自分たちの『身内』じゃないからって、逆恨みする意味がわからん。ま、出どころが卒業しても残るって意味じゃ、迷惑な噂だけど」

しかし、それが英慶生であり、内進組の矜持《きょうじ》なのだ。ずいぶん歪《ゆが》んだ矜持だが。

「でも、それなら四回も二年生なんかやってずに、辞めたほうがよかったんじゃないんですか?」

砂家は、心からの疑問を口にした。

「それも考えた——けど、そうすると先生の顔が浮かぶんだな。文句ばっかり言って、結局なに一つ変えられず、かといって順応もできずに逃げ出すのか、って言われるような気がするんだ」

「それで……」

「ま、こっちもクソ意地みたいなもんさ。下からいっしょの連中が先に卒業した時は、さすがに嫌気がさしたけど、でも痛快な気もしたな。こっちなんかまだまだ学生だぞ！　ざまあみろって」

「……そういう心性は、正直言って理解できません」

飛び級で先に卒業して「ざまあ」と言うなら、わかるが。

だが、一人に一つずつの考え、指向がある。「自分はそうは思わない」というだけで、相手の人格まで否定するのは心が貧しいことだ。

「そうか……ま、そうだわな」

「でも、結果的に高塚さんが四回目の二年生をやってくれていたせいで、俺は高塚さんと知りあえたから、俺にとっては悪い話じゃないです。むしろ、感謝します」

高塚は、また胸を押さえた。

「しれっと、そういう殺し文句を……」

そしてふいに、真顔に戻る。

「俺も、進級しなくてよかったと思う」

「ええ」

「俺は、俺に感謝しなくちゃな！」

開き直ったように笑い、いきなり顔を近づけてきた。

「ん……」

唇が重なる。すごくひさしぶりみたいな気もするが、たしか昨日だってキスはした。ただ触れ合わせるだけではなく、舌を伸ばし、互いに絡めあう。魂まで吸い上げようというほど、きつく吸う。頭の芯《しん》が、しだいに痺《しび》れてきた。

「……ふ」

砂家の舌をいやらしくねぶりながら、片手をデニムの腿《もも》に置いた。そのまま、中心部に向かって這《は》っていく。

「んあ」

そこを摑まれた時、奇妙な音が喉から漏れた。

頭の中と同じくらい、そこが熱を帯びていることは自覚していた。

恥ずかしいとは思わなかった。時々、そうなることがあったからというだけでなく、触ってほしいと思ったから。むしろ積極的に、高塚の手のひらに股間《こかん》を擦《こす》りつけようとする。

唇が離れた。高塚の眸に、今まで見たことのない剝き出しの熱情が浮かんでいる。

キスと同じくらいねっとりとした、欲望を。

目で問われた。してもいいかと訊いている。

砂家は迷わずうなずいた。そうなることが自然な成り行きだと、そう思う。

高塚は砂家の足の裏に腕を入れ、ひょいと抱え上げた。部屋の隅のパイプベッドに、そっと横たえる。

トレーナーを捲《めく》り上げられながら思ったことは、このベッドが、二人分の重みに耐えることができるか、という極めて現実的な心配だった。


だが、案じるほどのことではなかった。

二人で倒れこんでも、シングルベッドは軋《きし》みこそしたが、健気《けなげ》にも耐えた。

それに、そんなのを気にかけていたのは初めだけで、すぐにそんなことも考えられなくなる。

たくし上げられたトレーナーの下から這い上がってきた高塚の指が胸の突起を捉える。

「……あ」

ふだん、そんなところは身体を洗う時ぐらいしか触らない。

しかも意思をもって触ることなどないわけで、まして他人に触れられることなど、思いもよらなかった。

だから知らずにいた……そこを摘み上げられたり、擦られたりしたら変な気分になる、ということなんか。

「は、ふ……ん」

むず痒《がゆ》いような刺戟《しげき》感が、胸から全身にじわじわと広がっていくようだ。

というより、快感の拠点が小さなその二つの肉粒に置かれている、ということか。

指で捏《こ》ね回されると、そこが固く腫《は》れていくのがわかった。

「あ、や……」

悦いのか、そうでもないのかもわからない。砂家はうろたえ、思わず上げた声も、自分のものではないみたいで戸惑う。

そんな甘い声を、自分が発する日がくるとは。

「……触られるの、初めてなのか？」

なおもいたずらな指を動かしながら、高塚が意外そうに言う。

「な……っ、んな、わけ……っ」

乳首なんか、人に触らせるわけがない。というか、人に服を脱がされることじたい、子どもの時以来だ。自分でボタンを留めたり外したりできるようになって以降、ということだが。

「そうか……まあ、そうだろうなとは思ってたけど」

なら、どうしてわざわざ訊くのだ。

大人には、知っていても確認せずにはいられないことがあることを、砂家はまだ知らなかった。よけいな質疑応答は時間の無駄。そう思ってきた。

「じゃ、舐めていいかも、訊かないほうがいいよな」

「な、舐め……？」

だが返事はなく、代わりに高塚が胸に顔を伏せてくる。

おぼえのある感触が、初めての場所を包む。高塚の唇……。

キスの時にはあらためて考えたこともなかったけれど、そこは粘膜なのだ。唾液でつねに、濡《ぬ》れている。

それが、湿り気のない箇所を潤《うるお》す。舐められている、と感じると、股間が急に痛みをおぼえた。

勃起《ぼっき》しているのだ。まさかこれまでそうなったことがないはずもなく、だから砂家は、どういう時に勃《た》つか、ということぐらいは知っている。

……気持ちいい時、変な気分になった時。

つまり、さっき長い口づけをしていた時にも、そうなった。

いつもは自分で取り出して、元の状態になるようにあれこれする。だが今日は、高塚がそうしてくれるのだろうか。

想像したら、腰が捩れた。はあっと吐息が漏れる。

「ん、あ……、はあ」

胸を這うもぞもぞは、時にちくっと痛みを与えたり、痒いところを引っ掻くみたいな満足を運んできたりする。

かわるがわる弄《いじ》られて、肉粒が大きくなったような気さえした。

同時に、股間がどんどんきつくなる。

「……悦くなってきたみたい？」

「……う」

「なってきた」どころの騒ぎではない。砂家が答えられないのを見てか、高塚の手が胸から身体の中心を探る。

「あふ――」

「すげえ。もうカチカチになってる」

「な、なるよ！　そんなの……」

抗議しながら、自分が涙ぐんでいることに気づき、はっとした。

悦いことは、涙腺《るいせん》が緩むことでもあるのか。

「なるよな、そりゃ。俺だって、なってるし」

そう言って手をとられ、導かれた先には高塚の昂《たか》ぶりがある。

その固さを感じると、ようやくほっとした。一人だけ悦くなっているなんて、馬鹿みたいだ。

ふたたび唇が重なる。そうしながら、高塚は砂家の腰を摑み、デニムと下着をいっぺんに引き下ろした。

ふいに外気に触れ、勃ち上がったものがふるりと震える。

足首から衣類を取り去ると、首の下まで捲ったトレーナーも頭から引き抜く。

衣擦《きぬず》れの気配がして、重なってきた高塚もまた、全裸になっていた。

引き締まった筋肉を見て、着やせするタイプだったことがわかる。ほどよく色づいた身体は、なめらかなヘーゼルナッツ・アイスクリームを思わせた。どうしてそんな連想がはたらいたものかは、わからない。

その身体に組み敷かれる自分の身体が、ふいにみすぼらしく感じられた。運動とは縁がなく、ただ肉が薄いだけの貧相な裸。

「で、電気」

我に返ったように、砂家はじたばたした。

「電気消して！」

「無駄」

だが高塚は笑って、砂家の鼻の頭を爪《つめ》ではじく。

「無駄……？」

「もう全部、見ちゃってるし。電気消しにいく余裕もないし」

見られてしまった後か……今から身体を鍛えるとして、高塚みたいな筋肉を手に入れるまで、と、よけいなことを考えていたのもそこまでで、すぐに砂家は、合わさった高塚の肉体に翻弄《ほんろう》され、夢中になる。

勃起した尖端《せんたん》が、高塚のそれに触れる。高塚も張りつめていて、こちこちになった二本の茎が擦れると、思考はぐちゃぐちゃに乱れた。

「あ、ふ……う、ん……っ」

互いの肌が湿ってきた。どちらのものとも知れない汗が、擦れ合う身体を行き来する。高塚は砂家の屹立《きつりつ》を握ると、自分のそれとわざと触れあうようにさせて、まとめて扱《しご》きたてる。

「あ、やあ、あ、ああ、は……っ」

相手を使ってしている自慰みたいなものだと思うのに、そんなものよりずっと昂奮《こうふん》させられた。砂家はシーツを摑み、嬌声《きょうせい》を上げる。と、まもなく全身に震えがきて、おぼえのある感覚に見舞われた。

どくどくと、血流のような精液が噴出する。握りしめた、高塚の手のひらの中に、残らず吐き出してしまう。

顔を蔽おうとした手を摑まれ、顔中にキスの雨を降らされる。

「コーちゃん、かわいい」

「や――」

なんでもない時ならともかく、性行為の最中に言われて嬉しい言葉ではなかった。だが、高塚はそういう自分に満足しているのだろうか。

いや、まだだ。高塚は、まだイッていない。

射精後のぼんやりとした虚脱感の中でそう気づき、砂家は高塚がしてくれたことを返そうと手を伸ばした。

が、それより先に、高塚の手が砂家の腿を抱え上げる。身体を二つ折りにされたような体勢で、これでは尻の穴が丸見えだと思うまもなく、固いものがそこを穿《うが》った。

「——！　やっ」

「息、吸って。吐いて……楽にしてて」

思いもよらないなりゆきに目を瞠《みは》った砂家を、あやすように高塚の声が誘導する。

そんなところに指を入れるなんて……当惑が消えない砂家だったが、反射的に言われた通りにする。ゆっくりと呼吸を繰り返すうちに、そこは高塚の指を根元まで呑んでしまった。

「あ、そ、そんな……」

信じられない。自分でだって、指を入れようなんて思ったこともない場所。だが、肉襞《にくひだ》はきゅっと窄《すぼ》まり、異物を呑んで悦ぶようにひくついている。

「う……」

「苦しい？　ごめんな、でも、コーちゃんがローションなんか用意してるわけないと思って」

「な、なに言ってんのか、ぜんぜん……」

言葉は、途中で止まる。ただ声を殺して、喘ぐよりほかなかった。

「……痛い？」

「ん、んん」

異物に抉られる恐怖心が去った後は、内側からむず痒さが広がるようだ。

「だいじょうぶみたい……」

正直に申告すると、半分笑った声が、

「じゃ、もう一本」

言うより早く、新たな指が挿しこまれる。

「そ、そんな……あう」

さっきよりきつい。二本挿れられているのだから、あたりまえだ。

「や、いや、こんな……っ」

かぶりを振ったのは、まぎれもない快感が内側から浸蝕しはじめたからだった。

しかし、高塚は誤解したようだ。

「ごめん、でも、少しでも広げておかないと俺を嵌《は》められないだろ」

「……ん」

そこまでくると、さすがに次にくるものの予想はついた。

だが、拒む気持ちはない。そうしないと、高塚が悦くならない。さっき自分が味わった絶頂を、高塚が感じないままでは終われない。

「ふ……う」

中で蠢《うごめ》く指。何本挿れられているのかも、だんだんわからなくなってきた。

そうしてしばらく馴らされた後、

「……俺もそろそろ、我慢できないんだけど？」

唆《そそのか》すような囁きを耳元で聞く。

「うん……いいよ」

もはや敬語も忘れ、砂家はこくこく肯《うなず》いた。

ほっと息を吐く気配の後、指が引き抜かれる。

「あ、あ――」

代わりに挿入されたものは、較べものにならない嵩《かさ》と熱を持っていた。

めりめり、という感じで食いこんでくる。

凶器と呼ぶほかはない、その熱が一気に砂家の内部を穿つ。

だが、それで二人はひとつになったのだ。

体内に高塚を、はじめて感じたと思った。ふだんの柔らかな高塚ではない、荒っぽく猛々《たけだけ》しい侵略。

いったん奥深くまでおさめてから、高塚はまた荒々しく引き抜いた。

そしてふたたび、衝いてくる。

ひと衝きごとに深くなるような気のする結合を、砂家は涙をにじませながら受け止めた。

苦しいばかりではない感覚が、やがてじわりと生まれてくる。

それはさらなる高みへと、二人を運んでいくのだと思った。


汗に濡れた肩が、自分のそこと触れ合っている。

砂家はそっと、隣に横たわった男の顔を見た。長い睫毛《まつげ》。

窓のほうを見やる。さんざんいろんなことをして、何度もイッて、あそこはもう擦り切れたみたいにひりついているから、朝になるまでやっていたのかと思ったが、まだ外は真っ暗だった。

すいとベッドから降りた。ガラスに顔を押しつけると、火照《ほて》った肌が冷えていく。

狭いバスルームで、嫌がる砂家の足を抱えあげ、高塚は自らが放ったものを砂家の尻から掻き出すようにして洗い流した。

砂家は、流してしまわなくたっていいと思ったのだが。「こんなの、欲しければ毎回ぶちこんでやるからさ?」、たくらむような笑顔で言われ、急に恥ずかしくなった。

「……コーちゃん?」

振り返ると、ベッドに半身を起こした高塚が、こちらを見ていた。

「どうした。寒くないのか」

「寒い」

「おいおい……」

かちりと音がして、高塚がライターに火をつけた。

タバコの煙が、ゆっくりと砂家のところまで流れてくる。

砂家は指を立て、目の前で渦を巻くそれを切ってみた。もちろん、煙に質量はない。触れた気もしない。

しかし、煙の中に入れると指は煙って見え、たしかに「ある」んだと思えた。

「なにやってんの」

笑った声。

「こっちにこいよ、温めてやるから」

「うん」

うなずくと、広げた両腕の中に、砂家は飛びこんだ。朝は、まだまだ遠いみたいだ。

「クラルテ」の稽古場に足を踏み入れると、発声練習をしていた団員たちが砂家を見た。

「砂家ちゃーん、いらっしゃい」

リサが駆け寄ってくる。

「うーん。今日も美しいわあ」

「ありがとうございます」

砂家は丁寧に礼を言い、両手に提げた紙パックを、リサに差し出した。

「これ、差し入れです」

「ありがとうございますって……ありがとうございますって」

「馬鹿ね。ありがとうはあんたが言うべきでしょ」

後ろからきたみゆきが、そんなリサの後頭部をぱこんと払った。

「ごちそうさまです、砂家クン。今日も実に美しい……」

「おまえら、他に言うことがないのかよ」

いちばん最後に、高塚がやってくる。砂家の目を見て、意味ありげな目つきになった。

砂家も想いをこめて見返す。すぐに表情を引き締めた。

「高塚さんもどうぞ。ドーナツです」

「食べたかったのよ、甘いもの」

「気がきくよなあ。ごちそうさん」

いつのまにか、砂家の周りには人の輪ができていた。

大学で馴れているとはいえ、その中に恋人がいる、という状況。隠しておかねばならないことがあり、だからといって不自然な態度をとってもいけないと注意もしなければならず、難しいものだと思う。

殊に、

「しっしっ、パンダじゃねえぞ。汚い手で触るな」

もういっぽうの当事者である高塚が、砂家が特別である事実を隠そうともしないから、どきどきする。

だがそのどきどきは、また、幸福なはらはら感でもあるのだ。

「コーさんよりは、きれいですよーだ」

チョコレートのかかったドーナツをいち早く頬張りながら、リサが憎まれ口を叩く。

「ね、今日は砂家クン、バイトないんでしょ？　呑みに行こうよ、みんなで」

「はい」

「ちょっと待った、みゆき」

高塚が、眉間に皺を刻む。

「おまえ、いつのまにコーちゃんのスケジュール把握してんだよ」

同時に、こちらにも鋭い視線を向けてきた。

四つも年上の大人のはずなのに、どうしてこう、余裕がないのだろう。

内心おかしがりつつ、砂家はふうわりとした幸せを噛《か》みしめる。

「ふふ。どうしてなんでしょうねえ？」

「こないだ、女子会に招待をしていただきました」

高塚をいつまでもいらいらさせたくないから、砂家は自分から明かした。

「じょしかあいいい⁉」

高塚とも思えない、すっとんきょうな声。

他の男の団員たちもどよめいている。

「あの、魔の女芸人の会か」

「男の融通をしあい、俺たちの悪口てんこ盛りと噂の――」

「そんな無駄なこと、してませんから」

と、リサ。

「そこじゃないでしょ、リサ。誰が芸人なのよって話」

「っていうか、男の融通はしあってんのかよ」

「いやいや、それも間違ってるだろ。問題は、なぜそんな魔女の集会に、砂家ちゃんが招かれてるんだってことだ」

「だって、ただの女子会より、ゴージャスな花束のある女子会のほうが楽しいじゃない」

男たちのじっとりした視線が、砂家に集中した。

「今度、俺のクラスメイトと合コンをすることになりました」

再び、どよめきが巻き起こり、「ちょっと、コーちゃん」と高塚が砂家の腕を摑んで、稽古場の隅へ連れていく。

「――わかってんの？　合コンの意味」

眉をひそめて問う高塚は、恋人というより、世間知らずの息子を案じる母親の顔になっていた。

「わかってますよ、そのぐらい」

涼しい顔を保って、砂家は答えた。

「許さん、お父さんは許さんぞ」

高塚はいらいらと、髪を掻きむしる。

「そんな、合コンとか！　不純だ」

「じゃ、ハルトさんも来ますか？　――いちおう『英慶大生』っていう条件は、満たしてますし」

というか、「不純」って。

「行く」

即答し、高塚は砂家の肩をぽんと叩いた。

「とりあえず、その件については、今夜きみの家でじーっくりと話し合おう」

同席することになるなら、話し合わなければならないような懸案事項はもう解消されたということにならないか。

思ったが、むっつりとした顔つきでその場を周回しはじめる高塚が面白い。

そして、今夜の夕餉《ゆうげ》に思いを馳《は》せた。

温かくなってきたが、夜は冷えるから、今日は湯豆腐だ。

豆腐だけではなく、ネギやシュンギク、キノコに鱈《たら》も入るのが、砂家流湯豆腐である。おろしポン酢でいただく。鷹《たか》の爪入りの、もみじおろしだ。旨い。

奮発して、吟醸酒も買ってある。

「じゃ、俺先に帰って、夕飯のしたくしてるから」

ドーナツを食べ終え、稽古に戻る面々を眺めながら、砂家は高塚に声をかけた。

「おう、気をつけて帰れよ？」

振り向いた高塚の笑顔を胸に刻みつけ、砂家は高架下のバラックを出た。

ドラム缶に括《くく》りつけておいた自転車を押して、通りまで歩く。

三月。後期試験の成績表も受け取って、来月から砂家は三年生になる。

単位不足の高塚は、もちろん進級できない。五度目の二年生、そして後輩となってしまうわけだ。

しかし、新学期からは真面目に大学に出ると高塚は誓っている。いっしょに卒業できないのは残念だが、「自業自得、しかたないさ」と肩をすぼめる顔は、さばさばしていた。

ハーフコートの裾《すそ》をはためかせ、砂家は自転車にまたがる。豆腐を買うのを忘れないように、と念じながら、夕星がぽつぽつ浮かんだ薄暮に漕《こ》ぎ出した。


ここに一枚の写真がある。

身体は白衣をまとって、不格好な毛むくじゃらの手足。だが顔は、きりりとした男前。右腕は隣に腰かけた男の肩を抱き、仏頂面の彼と対照的にリラックスした表情をしている。

四枚目の写真。着ぐるみの頭をかぶり直す前の一瞬に、一枚だけ撮った「素顔の」タンパくんとのツーショット。

川端が、忘れずプリントしてくれたおかげで、この写真が今、砂家の手の中にある。

ここに映っている二人の間に起きたことを、川端が感づいているのかいないのかはわからない。だが、いずれこの気のいい友人には、高塚との間柄をうちあけようと思う。

そして、内進生だとか外様だとか、そんなことで学友たちをカテゴライズするのは辞めようとも思った。気の合う相手が、友だちになるのだ。

写真は、三面のフォトスタンドの、真ん中に入っている。見上げればいつでも、その人の笑顔があって、隣の男の強張《こわば》った顔も、いつか柔らかな笑みを浮かべるようになるのではないかと、そんな荒唐無稽なことまでたまに考えたりする。世界は不可解で、美しい。

スペシャル・ダイヤモンド・ヘッド

砂家洸司《すながこうじ》と出会う前に、自分がどんな恋愛をしていたのか、高塚晴登《こうづかはると》には思い出せないのだった。

携帯も腕時計も持っていない。時間は、ズダ袋に入っている、大きな懐中時計で確認する。どんなに会話が弾んでいても、気持ちがクライマックスに向かって盛り上がった時でも、砂家は突然、「あ」と思い出した顔になる。「あ」と言って、袋に手をつっこむ。

大きなまあるい懐中時計、お祖父《じい》さんの時計、と歌いたくなるような古めかしい一品は、事実、砂家への曾祖父《そうそふ》からの形見だった。五つの時に亡くなって、田舎の家の蔵にしまいこまれた長持ちの中から、息子や孫やひ孫まで、誰一人忘れられることなく、遺言にしたがって品物が贈られたのだという。

そういうきっちりしたところは、たしかに遺伝していると思う。

悪いとは言わない。いや、いい話なんだろう――そのことにより、自分自身が不利益をこうむらない限りは。

「そろそろ行かなくちゃ」

懐中時計をしまった砂家が、生真面目《きまじめ》な眸《ひとみ》を高塚に向ける。

行かなくちゃ、というのは「バイトの時間」ということだ。

砂家は、駅ビルの中にある書店で働いている。

遅番だから、五時には到着していればいい。

なのに、砂家ときたら、四時半前にはそわそわと立ち上がるのである。大学のある駅からは、二十分とかからず、しかも一分一秒のロスをも惜しんだ高塚が、ホームまで二分とかからないカフェを選んでいるのにもかかわらず。

「今日も、八時に上がる?」

しぶしぶ腰を上げた高塚が問うと、砂家はうなずいて、財布から取り出した千円札の皺《しわ》を伸ばした。

「俺のぶん」

コーヒー代ぐらい、こっちがおごるから、という申し出は、五回に一回ぐらいしか聞き入れてもらえない。

砂家洸司は、変わり者である。

去年、理学部にとてつもなくカワイイ男子が入学してきた噂《うわさ》話を、高塚はバイト先にきた後輩から聞かされた。

大学に足を運ばなくなって、既《すで》に時が経《た》つ。高塚は現在、四回目の二年生だ。つまり、砂家と同級生なのだが、年齢は四歳も上、というひじょうに恥ずかしい状態になっている。

いや、それを恥だと思う感性も、以前にはなかったものなのだが。

カワイイ子が入った、ぐらいの情報では、そうやすやすと登校する気にならない。まあ興味はあるけれど、こっちのテリトリーにうまいこと引っ張りこむことができるかは、自分の腕次第。

正直、そんな駆け引きにも多少、飽きていた。

しかし、砂家洸司は、むこうから、そんな高塚の前に現れたのだ。

高塚が今のところ熱中している学生演劇集団、「クラルテ」。

公演の宣伝のために路上パフォーマンスをしている時に、偶然砂家が通りかかった。

たしかに、カワイかった。

声をかけて相手が顔を上げた時に、高塚の心臓は「ずしーん」ときた。

もしかすると、これが例の……？　――三十年に一人の逸材、という後輩の講釈をそのまま信じるなら、これはなるほど、三十年に一人しか現れないタマだと思った。

つまり、これを逃すと、次に出会う時は、高塚は五十四歳。完全に人生の折り返し地点を過ぎている。

だから、つい本気で捕まえてみようかな、などと思う、その思慮が浅薄なんだと言われれば、返す言葉はない。

新進気鋭の注目株、といったって、「クラルテ」は一介の学生劇団である。

名だたる演劇人の多くが、学生時代に興した劇団から育ってきたといったって、その頃には日本に小劇団ブームというものがあった。

世に出るべき人材がいったん出尽くした後は、戦後の焼け野原と変わらない。ブームに乗れば、分不相応の評価をもらうことはあるかもしれない。しかし、ブームでもない現在、巷の芝居好きの見る目はシビアだ。

稽古《けいこ》場になっている高架下のスペース、その向かいのビルのファストフード店で、高塚はモバイルのモニタから顔を上げた。

定期公演が、近づいてきている。

高塚は俳優として舞台に立つこともあるが、基本的にはスタッフとして「クラルテ」に参加している。三年前、初めて書いた脚本が上演されて以来は、座付き作家としての負担のほうが大きい。

もともと、芝居の台本を書きたいなんて思って飛び込んだ世界ではなかった。

それは、ひとえに、ある友人の存在により、否応《いやおう》なしに引っ張りこまれたと言っていいだろう。早い話が、その頃コナをかけていた相手が劇団員だったから、というきわめて卑俗な理由により、現在がある。

高塚が、ひとかたならぬ関心をもって、なんだったらそいつが傾倒しているからという理由だけでうまうまと嵌《は》められた、その世界から、当の本人は足を洗っている。学生結婚をして、今はごくあたりまえのサラリーマン。

――コーちゃんがいなかったら、泣きたくなるほど理不尽な展開だよな……。

バッテリーの残量を確認して、高塚はモバイルをオフにした。

その頃には熱は冷めていたとはいえ、芝居にのめりこむきっかけを作った男には違いない。

それが、「子どもも生まれることだし、ここいらで足を洗って、まっとうな社会人になりまーす！」と宣言されてしまったら……いや、実際そうなったわけだが、どんな鈍感な人間でも、「梯子《はしご》を外された」という気にはなるだろう。

それでも、こうして続けている、ということは、いつのまにか演劇が高塚自身の自己目的のためのツールになったということなんだろう。

作業を中断したため、もうこれからはやることがない。

当然のなりゆきとして、砂家の顔が脳内のスクリーンに浮かぶ。

空いた時間は、やっぱり、恋人とともに過ごすのが筋だろう……なにが王道パターンなのかは知らないが、そんな語も浮かんでいる。

しかし、相手が携帯を所持していないというのは盲点だった。迅速に連絡をとるすべがないから、高塚は電車に飛び乗る。

こんなアナログな恋愛、前はいつ経験しただろう？

――そう思って、あらためて記憶をほじくってみたら、まったくなんの情報も発掘されなかった、というわけだ。


むろん、砂家が初恋だったなんていう話ではない。

恋愛に関する、あらゆる優先事項をクリアした結果、英慶《えいけい》学園初等科に入学した七つの時から、高塚は相手に事欠かなかった。

初等科に入った時点で、バックボーンという最初の関門は突破している。高塚の父親は、大きな病院を経営しており、自身も医師である。

そういう、関門。

馬鹿《ばか》ばかしいなと思わないでもなかった。だが、初等科から集う者たちは、多かれ少なかれ、「自分は特別だ」という自負をもって入学してきているのだった。

よくわからないが、大半が大学部まで進むコースの中、中学、高校と上がるにつれて、自分をとりまく世界の輪が縮まってきているような気がしたのは、錯覚ではないのだろう。要するに、「初等科からです」と名乗る時に兆す、愚かしいほどの高揚感を、高塚は馬鹿ばかしいと感じたということだ。

それでも、七歳の時からずっといっしょの仲間たちに、唾《つば》を吐くことはできなかった……。

今は、どうなんだろう。

窓際の席で、高塚は集中するあまりに硬直しながら思考する。

七つの時からの昔なじみだ、だから、仲間の誰かに不都合な事態が到来したなら、友だちのためにがんばるよ！

――などという、仲間意識が今もないといえば嘘になる。

しかし、その「不都合」の原因が砂家だったとしたら、どうだろう？

俺は幼なじみを守るため、あいつに牙《きば》を剝《む》くか？

答えはNO、断固としてNOである。ありえない。どんないざこざが持ち上がろうと、砂家洸司と敵対する側には、なにがあろうが俺はつかないぞ！

という、実際には出来《しゅったい》していない事態に対しても、断固たる思いがある。

砂家の不利になるようなことには、いっさい加担しない。

しかし、あいつはそのへんのことを、どう考えているのかねえ？

自分の固い信念に対し、砂家が同じくらいの意志を胸にしていてくれないのなら、嘘《うそ》だ、と思うくらいには、高塚はまだ、我が身がかわいい。

公演の稽古を終え、高塚の足はまっすぐに、五駅むこうのショッピングセンターに向かった。

今日は、砂家と約束していない。

だが、台本の手直しをしていたファストフード店で、どうにもたまらなくなって、稽古を早めに切り上げようという邪念まで引き起こした。

だって、顔を見たい。

昼間にも会っているのに、なんていうのはただの気休めだ。それでも足りない、と自分が思うなら、それだけが真実。

会いたい時に会えないなら、それは「愛されてる」ことにはならないだろう。

そんな、答えの見えない賭《か》けを、なぜかしらはじめてしまった。

到着したのは、砂家の住む町、その最寄駅のショッピングセンター。

地下にある、大きな書店に、今、砂家はいる。そこで、忙しく働いている。

エスカレーターで地下へ降り、通勤ラッシュにごった返す商店街を進む。

ほら、いた。

見えてきた書店、その最前線。

ベストセラーだけを積み上げた平台の前で、身をかがめて列を整理している姿が、もう見えた。

高塚の口角は、自然にゆるむ。

なんだかんだ、顔さえ見られれば、俺は嬉《うれ》しいのかな？

変人の恋人から、肩すかしとかお預けとかくらわせられても、でも「好きならいいんだ」と、打たれ強いボクサーみたいに立ち上がる姿勢が、共感を呼んでいたり？

紺色のエプロンの、少し肩からずり落ちた紐《ひも》のあたりを、軽く叩《たた》く。


飛び上がった。

うひゃっと、喜劇役者みたいな軽やかな動きで、上へ跳ねた。

そうして、おそるおそる肩越しに見やる。

「……なんだ」

「おい、『なんだ』はないだろ」

高塚は、その鼻先に指をつきつけた。

「なあんだ、コーヅカかあ……っていう、今、すんごい見下ろしたよな、俺を？」

きょとんとする顔に向かってたたみこむと、砂家はいよいよ目を丸くする。

「そんなこと、思ってませんけど？」

これだ、暢気《のんき》な猫が、見合った非難を浴びて知らん顔をする、そのそらぞらしい表情。

「いや、だって、べつに上から見てないし……」

砂家は平台の前にしゃがみこみ、ストッカーの引き出しを開ける……そこが「ストッカー」と呼ばれ、積みきれなかった新刊本を常備しておくためのスペースだなんていうことは、ほかからならぬ彼から聞かされた。

「ちょっと待て」

その手を、上から押さえる。

「？」

「きみから見て、俺はそのストック以下なのか？　俺の機嫌を損ねるより、売れ線の商品を、一冊売り損ねることのほうが、きみにとっての損失なのか？」

砂家は、しげしげとこちらを見つめた。

あ、なんか嫌な予感……と、震える間もなく、

「当然」

ぼそり言う。

言って、ストッカーから取り出したハードカバーを、低くなっていた山の下に押しこんだ。

「と、当然って……」

納得のいかない高塚は、無駄な抵抗を続けることになる。

「だって、今俺は、バイトの最中なんだし。仕事とプライベートのどっちが、って言ったら、そりゃ仕事のほうをとるに決まってる」

哲学者めいた横顔が、いっそうの叡智《えいち》を湛《たた》える。

「……はあ」

高塚は、大きく嘆息した。そりゃ、そう言われればそうですけども。

だけど、ベストセラーに負けたんだと言われても、簡単には納得できない。

それは、明日もあさっても、きっと売れていく本である。

ひるがえって、今日ここに現れた俺は、この先二度とは誘いにこないかもよ？

だが、砂家はそれきり知らん顔で、平台の整頓《せいとん》にかかりっきりである。

おいおい、彼氏よりバイトなの？　恋愛以上に、それは最優先事項なの？

事実、そういうことであるらしい。

負けた……。

知らん顔で平台の整理を続ける砂家が、こころもち唇を尖《とが》らせて、しかしいつもの生真面目な顔つきで作業している。

こんな時、それ以上押すのは馬鹿の極み、というか砂家をよく知らない者の軽はずみである。

かわいい顔をしているが、奴はとてつもなく頑固だ。その石頭ぶり、あの元素記号Cの鉱物さながらだ。

だから、高塚はいつでもノックアウトされる。なんてことだろう、これまでは、けっこうしたたかなつもりでいた自分が、いともたやすく。

もちろん、高塚にとってこれがはじめての恋というわけではない。それどころか、数はこなしてきたほうだ。それなのに、砂家を前にするとそんな自負などまるで役に立たない武器になってしまう。

その場に倒れこみたくなるようなまぬけな一瞬だったが、立ち読みをいったん所払して、砂家が腰を伸ばしたのを見ると、ここでくずおれてなるものかとヘンな闘志も沸く。

「――先に行っててください」

いつも、考え事をする時と同じ、まんまるの目をして、そう言った。

「いつものところで」

念押しをするように。

ぶっきらぼうな言い方だったが、そんな一言で、別な意味でへなへなと坐《すわ》りこみそうになるのは、なんでだろう。

あ、待っててていいの？　と、そんな、二十四年の人生で一度も浮かべたことのない卑屈な感情だ。

まったくもって、不愉快である。

回れ右をして、一階にある居酒屋を目指しながら高塚は思う。

この俺を、絶対服従させるとは。なんたる不遜《ふそん》、なんたる傲慢《ごうまん》。

だが、そういう砂家に骨抜きにされているのも、また事実。

もしこれで、「今日は忙しいから、パス」だなんて告げられていたら……軽く十日はへこむ自信がある。

——砂家と出会うまでの自分が、いったいどんな恋愛をしていたのだか、高塚にはもう思い出せなかった。

いや、出会うまでにはたしかにあったはずのその経験則が、こそげとられでもしたかのように、記憶の棚から消えている。

恐ろしい。

一掃されたばかりではなく、もとからそこにはなにもなかったかのように、まっ平になってしまっているところが。

それでいて、かつて、なにかがあった気配だけは残っている。

これは、いわば「絶対恋愛」とでも言うべきか？

まっしぐらに、突き進むだけの衝動だ。

さらに怖いのは、おそらく砂家は、わかっていて高塚を振りまわしてはいるまい、と思える点である。

きょとんとした、小動物的無心の表情で、自分の都合だけをただ、振りまわす。

気に食わないなら、さっさと立ち去って下さい、といわんばかりの、いわば圧倒的な無意識。

本人が気づいていないから、よけいにやっかいなのだ。

だけどあいつは、「嫌なら離れろ」などとは言っていないんだよな。

先人は言った、先に夢中になったほうの負けなんだと。

それでいくと、もうのっけから黒星連発な自分には、捲《ま》き返すチャンスすらないのだろうと思える。

ま、いいか。

それでも、あと三十分もすれば、遅番を上がった砂家が現れる。

いつものように、重そうなズダ袋をほとんど背負《しょ》うみたいにして、まんまるの目を見開いて。

まるで、なぜ自分が今、ここにこうして足を向けなければならないのかが、まったくわからない。

――そんな顔をして、入ってくるのだ。

そこから先は、自分の腕次第ってことだよな、うん。

ビールの入ったタンブラーを口に運びながら、高塚は身構える。
そう、いつもと同じ繰り返しが、また始まるだけ。

それでも、それを「もう飽きた」だなどとはさらさら思わず、それどころかむずむずするような期待感をもって待ちかまえている。

紺絣《こんがすり》ののれんをくぐり抜けて、砂家の華奢《きゃしゃ》なシルエットが現れるのを、手ぐすねひいて待ち受けている自分も、それはそれでけっこうな肉食動物なんだろうと納得する程度には、だいぶ砂家のことをわかってきている高塚だ。

あとがき

こんにちは。ここまでおつきあいいただきまして、どうもありがとうございます。

最近、こんにゃくパスタを毎日食べてます。ええ、ダイエットなのですが、これが意外と美味しいのです。たぶん、添付されてるパスタソースが優秀なんだと思います。麺がこんにゃくだという以外は、まったくパスタ。そして、こんにゃくのほうがむしろ旨いと感じはじめています。人間、思いこむことが肝心なのかもしれません。でも、たまに通常のコーラを呑むとゼロカロリーのより旨いから、辛いです。

これを書いている今は、まだ十一月の下旬なのですが、文庫が出るのは来年二月。あと一か月で今年も終わりか……と思いながら来年出る本のあとがきを書くのは不思議な気持ちがします。どんな年になるのか、旧年のような、哀しみの多い年になりませんようにと願うばかりです。

今回のイラストは夏珂さんにお願いしました。どんなキャラになっているか、わくわくしながら期待しております。どうもありがとうございました。

担当Sさん。最近の萌えが、まったく役に立つとは思っていなかったのに、Sさんのご誘導によりちゃんとネタになりました。編集者ってすごい。

それでは、またどこかでお目にかかれますよう。

✦初出　不可解なDNA ……………………………………書き下ろし
スペシャル・ダイヤモンド・ヘッド…………書き下ろし

榊花月先生、夏珂先生へのお便り、本作品に関するご意見、ご感想などは
〒151-0051 東京都渋谷区千駄ヶ谷4-9-7
幻冬舎コミックス　ルチル文庫「不可解なDNA」係まで。

幻冬舎ルチル文庫

不可解なDNA

2012年2月20日　　第1刷発行

✦著者	榊　花月　さかき かづき
✦発行人	伊藤嘉彦
✦発行元	株式会社 幻冬舎コミックス 〒151-0051 東京都渋谷区千駄ヶ谷4-9-7 電話 03(5411)6432[編集]
✦発売元	株式会社 幻冬舎 〒151-0051 東京都渋谷区千駄ヶ谷4-9-7 電話 03(5411)6222[営業] 振替 00120-8-767643
✦印刷・製本所	中央精版印刷株式会社

✦検印廃止

ISBN978-4-344-82447-8　C0193　Printed in Japan